U0591118

四月丁香梦

主编：李金龙

2013，2014诗选

（京）新登字083号

图书在版编目（CIP）数据

四月丁香梦/李金龙主编. — 北京：中国青年出版社，2015.3
ISBN 978-7-5153-3217-8

Ⅰ．①四… Ⅱ．①李… Ⅲ．①诗词－中国－当代 Ⅳ．①1227

中国版本图书馆CIR数据核字（2015）第061013号

责任编辑：王　莹

*

中国青年出版社 出版 发行

社址：北京市东四十二条21号　邮政编码：100708
网址：www.cyp.com.cn
编辑部电话：（010）57350416　门市部电话：（010）57350412
北京美精达印刷有限公司　新华书店经销

*

700×1000　1/16　16印张　150千字
2015年4月北京第1版　2015年4月北京第1次印刷
印数：1-3000册　定价：58.00元

四月丁香梦

　　当高亢的诗音划破寺院的静谧，当舒缓的乐曲浸润法海真源之圣地，花的馨香带着花的呓语，梦一般地融入每个人的心底。此刻，一切尘世的喧嚣都被屏蔽，耳边只有诗的声音诗的境意。 这是法源寺里四月的丁香，法源寺里诗的盛会，四月的丁香花把这一时的美景，这一时的激动，这一时的享受，这一时的梦想，把第十三届法源寺丁香诗会，载入北京文化的史迹。

　　九十年前的4月26日，法源寺内丁香繁茂，花香四溢。著名诗人徐志摩与印度诗人泰戈尔漫步行走在寺中花间小径，他们时而低语，时而微笑。当走到一棵繁花如盖的丁香树下时，竟相伴而坐；此时花香弥漫，沁人心脾；二位大诗人就此谈诗论艺，直至月伴梢头……这是一段诗的佳话，一段载入了中国文学史的浪漫史话。

　　这是北京的骄傲，独特的宣南文化底蕴，独特的地理位置，独特的文学氛围，连接着独特的地气，将原创的《春天的中国涌动着春潮》《丁香追梦》《古寺飘香中国梦》《梦想的力量》《至善至真至美》等诗作，演绎成一部春天的乐曲。石祥身披十五的月光，带着"唱响中国梦"的书法横幅来到了诗会，赵大年老师以作家的豪迈发表了诗的致辞。殷之光、瞿弦和、方明、朱琳、正扬、赵晓义……艺术家们用发自内心的深情，高超的艺术技巧，构筑起丁香四月的梦想。他们用艺术的信念，表达着对中华民族伟大复兴的中国梦，对社会主义文化大繁荣大发展的积极与热情。同时，证明了诗歌在基层、在社区、在百姓中的真实存在。

　　这本诗集编选了2013年第十二届至2014年第十三届法源寺丁香诗会的原创新诗及旧体诗200多首。2013年的丁香诗会，是和西城区直机关工委首届文化节一起举办的，除了主办单位在社会上广泛征集的稿件外，都是西城区各机关单位的来稿和参与，取得了良好的社会效果，产生了积极的社会影响。2014年的第十三届法源寺丁香诗会，在筹备阶段加大了宣传力度，分别在《北京晚报》和《图书馆报》上刊登征文启事，得到了社会各界的积极响应，收到各界来稿861篇。经过著名诗人陈满平等老师们组成的评委会的评审，评选出在第十三届丁香诗会现场朗诵诗歌20首，同时选出诗歌100多首，与2013年选出的诗歌汇集成了这本《四月丁香梦》。

　　北京法源寺丁香诗会已连续举办了十三届，在西城区委区政府、区文化委、区财政局等各级领导支持下，已成为远近闻名的诗坛品牌。与丁香诗会同时举办的还有丁香笔会，至今已连续举办了十届。社区的书画家们在丁香诗会现场泼墨绘画，恣情书法，将爱国爱党爱美好幸福生活的情感跃然纸上，赞美社区，赞美北京，赞美改革开放的伟大成就；唱响社会主义核心价值观，唱响时代的主旋律。

　　《四月丁香梦》带着花香墨韵，传递着一种情感，一种回味；她凝聚着各界诗人及诗歌爱好者的梦，凝聚着社区百姓们心中的幸福梦。

　　是为序

2015年2月于宣南

目 录

四月丁香梦

四月丁香梦

四月丁香梦

丁香—2013

梦中，那一片美丽的丁香花

马晓青

遥远的梦中，

一片美丽的丁香花，

飘洒着清雅的淡香，

掩映着古老的殿堂和宝刹。

记忆中的北京我的家，

悠长的鸽哨飘过老宅的上空，

暮鼓晨钟里盛开着美丽的丁香花。

多少岁月的变迁，

带不走心底最真切的怀念。

时光慢慢流过如云似烟，

只把鲜活的春色留在人间。

法源寺里曾送我一本经书的老人，

早该功德圆满升入佛国的极乐。

只有丁香花海前他一袭僧袍迎风而立的身影，

在时间的河里凝成最美的风景，

也在我的记忆里定格成为永恒。

我的北京我的家，
即使褪尽古老的繁华，
即使经历岁月的风霜和雨打；
那也依然是我心底不变的牵挂，
有我深爱的那一片丁香花。

我的北京我的家，
即使生命轮回亲人远去，
即使曾经熟悉的脸庞渐渐不再清晰；
那也依然是我心底不变的牵挂，
就像我深爱的那片丁香花。

我的北京我的家，
回眸中清雅的花海如烟，
回首间悠长的佛音如梦。
那些我心底的永恒和牵挂，
那一片摇曳生姿的丁香花。

多年以来不变的梦中，
一片美丽的丁香花，
飘洒着清雅的淡香，
守护着古老的殿堂和宝刹。

丁香啊，四月的家书

林　贵

伴随春的脚步，
我阅读你四月的家书。
你酝酿了一冬的话语，
破壳儿道出，尽是芬芳情愫。

问我缱绻享受阳光，
问我惬意沐浴雨露，
问我耕耘的潇洒，
问我丰收的甘苦。

每一片绿叶都摇曳柔肠，
每一簇花朵都挺立侠骨，
每一圈年轮都流溢憧憬，
每一条枝　都振臂欢呼。

我从中读兄弟姐妹的喜悦，
我从中读父老乡亲的满足，
我从中读家园的娇容，
我从中读无限的幸福。

丁香啊，四月的家书，
亮给人间千家万户。
簇拥你捧读你，
读家庭的期冀，
祖国的嘱咐……

灿烂的生命如花，
宽广的胸怀若谷。
为了更好地创造一个又一个春天，
我们昂首迈向新的征途。

丁香如梦

陈满平

朝云朵朵生古刹，

花雨簇簇拥法源；

年年皆有丁香梦，

四月花事梦年年；

心香一瓣绕碧树，

花叶千行向云天；

丁香如梦唱中国，

寺里寺外花连连；

诗画北京绿城赋，

美丽中国锦绣篇；

宫墙、翠柳、玉兰树，

花影万重又人间。

法源寺丁香诗会溯源

孙朝成

晨钟，暮鼓，鸣蝉，牵出多少惋叹。
古树，佛堂，经卷，萦绕多少思念。

每年的四月，诗人携春光在这里相聚，
深沉的诗句洒落在碧瓦飞檐。

每年的四月，丁香摇曳出诱人的芬芳，
甜甜的沉醉化作了禅意绵绵。

每年的诗会是一次时光的穿越啊！
古今的诗情融合于美丽的宣南。

每年的记忆是一次历史的演练啊！
中外的名人相逢在古老的寺院。

龚自珍的疾呼与李大钊的呐喊，
——听来还是那样的震撼。

泰戈尔的诗思与齐白石的写意，
——读来还是那样的凝练。

千年的追寻终于结果，
恢弘的尊严矗立于万里云天。

千年的禅悟终于破关，
和谐的理念连接内心的情感。

心花与香花在四月里相邀绽放，
——花的法源寺春意盎然。

诗会与法会在四月里相互祝愿，
——禅的法源寺哲思悠远。

佛的包容就是诗的包容，
钟声与诗声传递着祥和与平安。

诗的追求就是佛的追求，
善与美联袂描画出北京的笑脸。

写诗需要像修行那样虔诚，
诗的灵感生长于禅的庄严。

修行需要像写诗那样奇幻，
禅的定力修炼诗的欢艳。

四月的法源寺延续几百年的传承，
——诗人的盛会与丁香相伴。

几百年的传承得益法源寺的神圣，
——诗的命脉与信仰相连。

年年四月，留给法源寺的——是灵动的诗，
年年四月，从法源寺带走的——是静美的禅。

请把我埋在法源寺花乡

贺春立

一

请把我埋在法源寺花乡，
魂绕着宣南追逐着梦想。
让白花装点着我的本色，
让紫香充溢着我的行囊。
阳春抚育了千花万绿柳，
草根从此不会凋敝惆怅。
春天里的故事是谁在讲？
沁润我那片荒漠绿荡荡！

二

请把我埋在法源寺花乡，
让丁香花在我心中绽放。
我愿献上生命的一滴水，
在宣南文化花坛上闪光。
我知道花香须作苦寒来，
须经风霜雪雨才能更香。
谁把诗情送进我的晚霞？
又是谁打开我紧闭心房？

11

三

请把我埋在法源寺花乡，
让我欣赏那秋色的金黄。
丁香已经为我铺好诗卷，
法源寺已为我构筑理想。
花紫色朵朵替代了白云，
洁白色已化作我的盛装。
待到年轮尽头繁花浪漫，
我还愿做一朵艳丽丁香！

看过千年的芬芳

——法源寺的丁香与李敖

陈贵信

芳香的情怀选择这里驻足，
在菩提树下听着梵音的启蒙，
和晨钟暮鼓。
与小弥撒一起坐禅，
披着日光和月影踽踽远行。
到了第十三个世纪的驿站，
却与那位终"有话说"的李敖，
成了兄弟。

当见闻衰老成记忆，
那些事的缘起和细枝末节，
就被传说演绎成，
倾倒千万男女的唱本，
渗出的箴言和哲理发人深省。

芬芳的记忆在一千三百年前打结，
你以深沉的视野与李敖笔之明澈，
告诉虔诚的香客。

四月丁香梦

13

悯忠的善行，
掩饰着杀戮和亲人的罪恶。
王者的慈悲，
隐藏着成王的残忍和血腥。

芬芳的记忆在九百年前打结，
你以警徹的视野与李敖笔之雄阔，
告诉峨冠博带的大夫。
痴迷的艺术细胞代替不了勤政和贤能，
官宦的腐朽必然祸国殃民，
倾天下财富也拯救不了王者的穷途末路。
纵然是天之骄子，
也只落得在寺庙一隅坐井观天，
成了他乡异国的囚徒。

芬芳的记忆在九百年前打结，
你以悲壮的视野与李敖笔之壮烈，
告诉懵懵懂懂的芸芸众生。
旧的世界旧的枷锁旧的禁锢，
不会自行解除，
德先生和赛先生随时都会被扼杀。
高居庙堂的帝王也会失去人身自由，
只有六君子菜市口抛洒的热血，
方能唤醒亿万民众的觉悟。

丁香的足迹今天依然执著，

虔行于祥光普照的慈航慧路。

以你的芬芳和睿智，

民主 和谐 平安 吉祥，

与你的芳香和美丽一起，

在人世间，在人心里

永驻！

飞吧 中国梦

贺春立

飞吧 我的中国

温柔的身影。

多少个世纪,

人们仰望天空

盼啊盼,

盼你腾飞,

实现中国梦!

忆往昔:

多少爱国志士,

海外赤子,

多少英雄前辈,

工农兵百姓,

为了这梦

呐喊与抗争。

在这水深火热的土地

打倒列强,

"还我中华",

寻找着

寻找着中国梦!

孩子们问我:

先辈们的呐喊与抗争

为什么还受辱

受人凌?

飞吧 我的神州

慈祥的面容。

在那不平等条约,

在那甲午海战,

在那抗日战争,

在那朝鲜壕坑,

在那经济封锁,

在那软硬兼施的围堵中,

为了这梦

你始终铮铮铁骨

傲笑西风!

飞吧 我的中华

龙的象征。

二十一世纪是你的骄傲,

二十一世纪是你的光荣!

梦的龙船已驶向大海,

舵手选定。

看今朝,

蓝图绘好,

你把道路早已铺平。

你把红旗高高举起，

浪花亲昵 欢笑，

大浪淘沙

翻涌！

你发出：

少谈空话，

务实兴邦。

上下拧成一股劲，

向着前方

航行！

中国要复兴，

实现中国梦，

必须走中国道路，

必须弘扬中国精神，

必须凝聚中国力量！

我对孩子们说：

中国的红太阳

照得万物生，

广袤的大地

一片盈盈。

舵手吹响号角

已经前行。

中国梦虽不遥远，

还需奋斗

献忠诚。

虽说我已年老

力不从,

也要尽力洒余生。

飞吧飞吧 我的中国,

飞吧飞吧 我的梦!

信念

徐 玮

一簇簇燃烧的紫焰，

袅袅升腾着神圣与庄严。

一只只紫色的酒杯，

将春天的激情斟满。

一串串跳动的音符，

萦绕我心头紫色的缱绻。

丁香，我来了。

在这人间四月天，

我不是来此寻幽览胜，

也不是来此与季节联欢。

我是来赴一年一度的约定，

来享受灵魂上的盛宴。

我是来朝拜你啊！

听你对春天的预言：

有阳光就不会有灰暗，

有温暖就不会有孤单，

有关心就不会有冷漠，

有真诚就不会有欺骗。

我是来赞美你啊！
听你的至理名言：
生命不在乎长短，
哪怕只是精彩的瞬间；
生命不在于索取，
而在于无私的奉献。

由此我想到了雷锋，
想到了刘胡兰，
想到了更多的革命志士。
洒热血，抛肝胆，
是他们英勇的牺牲，
才换来盛世图腾的今天。

丁香，用眼睛仰视你，
你的高度让我汗颜。
用双手托起你，
你的重量我难以承担。
举起你我必须捧出一颗心啊，
付出我全部的力量和情感。

静静地凝眸，思绪万千。
岁月之舟，
将我载向渴望的彼岸。

四月丁香梦

紫色的花海绵延，
那是我心之所往，
是灵魂皈依的家园。

当梦想被希望点燃，
我的心头
结满了紫色的信念，
彰显着蓬勃的生机与盎然。
让我们站在时代的潮头吧，
聆听春天的召唤。

只留下丁香花那永远的芬芳

陈家新

我走了，
没有回头 也没敢回头 。
可是我知道，
母亲已经把头扭向窗外，
只留下不经意的眼神。
我回来了，
是辛酸的笑容将我挽留。

我的心在流泪，
坚强地回到母亲的身后。
去吧，妈妈等你。

我把丁香花从瓶里拔出，
噙着一眶泪水，
没敢叫妈妈。
母亲也没有回头，
丁香花束又插进瓶里。

我在屋外头踏着脚步，
止不住如线的泪水。

四月丁香梦

23

妈妈——我终于回过头，
妈妈扶门望着我。

多少年来，
你一直在我身后。
带着鼓励的目光，
含着希冀的眼神，
挂着等待的笑容……
还有那丁香花的芬芳。

多少次梦中，
我不愿意回头。
多少次梦中，
感觉你温暖的手。
正轻轻地
抚摸着我哭泣的伤口。

每当午夜梦回，
总有一个声音：
去吧，妈妈等你，
丁香花作证。

妈妈是春天的风，
轻轻拂过心田。

把爱种成了丁香花，
就静静地走了。

我回来的时候，
屋里只留下妈妈——
那辛酸的笑容，
还有那丁香花
永远的芬芳。

至真至善至美

——写给法源寺丁香诗会

孙朝成

又是仲春四月，
又是诗人盛会。

又值古寺花香弥漫，
又在诗意与禅意中沉醉。

循着悠扬的晨钟穿越时空，
将千百年的历史久久地回味。

听着沉沉的暮鼓回忆先贤，
将时光的丽影紧紧地追随。

摇曳的花枝记下龚自珍的呐喊，
暗夜里划出一道批判的光辉。

沧桑的古柏记录下泰戈尔的沉吟，
诗人的哲思里保鲜真理的青翠。

深邃的藏经阁徘徊过梁启超的身影，
革新的指向呼唤着崛起的后辈。

斑驳的石碑前印下了李大钊的脚印，
不改的追求永不止步百折不回。

从历史的深处一路走来，
古寺的表情沉静如水。

遍览斗转星移风云变幻，
古寺的思索渗进心扉。

晨钟暮鼓呼唤着信众，
向往至真至善至美。

禅境禅心禅悟人生，
无我无欲无求无悔。

诗的最高境界是禅，
禅的最高境界是慧。

诗与禅互渗互融，
诞生了法源寺丁香诗会。

诗人是智者，诗中有禅意，
禅悟生于诗，禅中有诗髓。

今日的禅者是他、是你、是我，
今日的禅境是天、是地、是水。

四月丁香梦

诗与禅携手，构筑和谐。
禅与诗联袂，体味沉醉。

让脚步慢下来，流连空阔。
让心绪静下来，观察细微。

又是四月仲春，
又逢丁香诗会。

诗友又在古寺相聚，
友谊又在花下依偎。

在这样的时间，这样的地点，
在这样的气氛，这样的盛会。

诗情在交流中浓烈，
感悟在诗声中珍贵。

延续的是芬芳，
绽放的是花蕊。

歌唱的是和谐，
沉醉的是芳菲。

丁香，丁香

素 青

回到唐朝，丁香并不在三月的雨巷开放。
走近你的悲伤和离开你的悲伤，
比昨天的风雨更加漫长。
如果是江南，你脚下的草儿也该绿了。
那些吹过你发梢的忧郁梅雨，
思念之间，清瘦不已。

借这个日子，我们放一纸风筝来思念江南，
思念满园的香雾，思念忧郁的纸伞；
思念一粒尘土，落入大地也没有痕迹。
是否我们可以等到沧海桑田，
人间依旧地老天荒？

四月丁香梦

29

丁香花

冯德喜

柔风洁雅送芬芳，枝繁叶烁献温凉。

丁花未变迎春色，香飘不改绕炎黄。

片片绒蕊待新友，根根盘结侠骨肠。

梦幻亭台千年颂，漫话神州万里疆。

丁香赞

张治平

春回蝶舞芳呈瑞，

含笑丁香惹人醉。

自喻身藏有仙骨，

欣逢盛世放花容。

丁香与禅声（外一首）

侯 章

丁香深处响禅声，
苦乐寻常为太平。
馥郁告知佛世界，
大千世界色即空。

丁香如海

禅心似镜去尘埃，
普度慈航万木栽。
遍布金谛超彼岸，
丁香如海法源开。

赞美丁香（古风）

申定远

犹喜清幽谷为香，雅秀怜人轻愁肠。

姿态秀丽花繁茂，风飘处处是丁香。

七律·咏丁香兼赠法源寺丁香诗会

迟善春

不论沃野与贫冈，落地生根即故乡。

细叶枝头凝秀色，疏花蕊里蕴清香。

岂无愁绪万千结，更有诗思千万行。

一片真情融大地，年年岁岁报春光！

法源寺丁香（外一首）

陈德政

四月京城花海洋，千年古刹涌清香。

洁白淡紫花枝绕，飞雾轻飘头染霜。

唱和满园香雪海，醉吟雅韵浅梳妆。

东风旭日迎新宇，花开时节骚客忙。

蝶恋花·踏青

柳絮飘扬春又到，明媚春光，结伴寻芳草。

柳绿梅红枝头俏，杏花点缀西山坳。

绿草茸茸湖水绕，水秀山青，戏水鸳鸯鸟。

湖岸园林株密茂，碧波倒影春风摇。

法源寺的丁香花

慕 京

丁香花，丁香花，
看惯落日与流霞，
净土之中傲荣华。
满寺丁香谁种下？
如今花香年年有，
不见当年旧袈裟。

丁香花，丁香花，
当初与你来看她。
花如霞，人如画，
佛前相约走天涯，
谁知后来成虚话。
如今花落到谁家？
一瓣一瓣是牵挂。

丁香花，丁香花，
佛祖年年看着她。
红绿灯下按喇叭，
好像鹅群在吵架。
都市繁华是喧哗，
只有丁香静静开，
烟花苍穹美刹那。

庭院有一棵丁香

柴建民

深深的庭院有一棵丁香，

多少雨露多少时光。

陪伴它的是几间老屋，

仰慕它的是矮矮篱墙。

风雨中摇曳着树枝，

寒冬里蕴育着希望。

春来 枝上慢慢吐出了嫩芽，

蜂飞 花蕾散发着淡淡馨香。

一春一季让我深深陶醉，

一年一度让我铭记心上。

花朵像一串串音符，

绿叶是一行行诗章。

有它生活多么浪漫，

有它日子多么安康。

深深的庭院有一棵丁香，

陪伴它的是老屋。

仰慕它的是篱墙，

还有一位老人从小到白发苍苍。

浪淘沙·法源寺

韩晓明

古寺历沧桑，
法海源长，
唐宗划地悯忠良。
宋帝悲怆幽禁处，
盛世重光。

尘世众生忙，
莫让心亡，
海棠依旧伴丁香。
此韵并非天上有，
禅意芬芳。

寻花不遇偶感

张燕明

花期错过听"雨巷"，
花魂已逝空惆怅。
月下幽幽香雪海。
庭中寂寂无人赏。
一僧课罢出禅堂，
跌坐花下不归房。
青灯日日朝佛祖，
拈花一笑紫丁香。

雨中丁香

王青山

雨丝随风而舞，
滴滴答答敲打玻璃窗。
绿柳垂首弯腰，
感谢夏雨如期来到。
大地渴望雨水，
渗透进每一条根系。
一缕缕淡淡的幽香袭来，
是那婀娜的丁香花，
在雨中竞相绽放。
那么美丽迷人，
那么流连芳香。
夏雨与丁香，
就这样跌进我的怀里。
读一份紫色的情感，
换一抹淡淡的幽香。
像雨中自酿的美酒，
那么香甜可口，
那么温柔连绵。
默默地拥抱你，
亲吻你的体香，
顿感心花怒放。
爱上你，
是我无法戒掉的瘾，
是我今世前生的劫。

初恋，是盛开的丁香

李宪臣

初恋，是一首美丽的朦胧诗，
若隐若现，
情思难断。

初恋，是一条涓涓的小溪，
流水潺潺，
情意绵绵。

初恋，是波涛汹涌的大海，
涛声依旧，
爱也依然。

初恋，是蓝天飘着七彩的云，
色彩斑斓，
情感飞扬。

初恋，是盛开的丁香，
白丁香是你，
紫丁香是我。
芬芳满园，
情真意浓。

盛开的丁香花，
恰似我的初恋。
洁白无瑕，
令人难忘。

我爱丁香，
恰似丁香爱我。
是丁香把春天带给了人间，
是丁香把爱意洒满了大地。

春到法源寺

高立珠

古木生根历风霜，春风吹来吐芬芳。

甘露润土花鲜艳，法源四月紫丁香。

小鹊枝头鸣细语，众贤观赏聚八方。

挥毫含情留墨宝，各具特色多雅章。

赞诗句句颂礼德，巧创科技把国强。

佛家庭院吟千秋，春到法源赞歌唱。

南国杏花塞北草，绿纤小柳荡安详。

百花盛开似锦绣，古刹生辉好风光。

四月丁香梦

丁香梦

诸天寅

人间四月天，丁香开法源。

香气多馥郁，紫白色彩妍。

诗会十三年，圆梦在殿前。

共祝祖国好，小康不遥远。

再祝生活好，幸福紧相连。

三祝强国愿，钓岛不容变。

寄语东瀛客，莫笑倭寇奸。

今已非昔比，华夏有铁拳。

丁香梦

吴京华

宣南与诗刊携手，

丁香与诗社联姻。

文化的深呼吸，

便呼出了丁香的万千风情。

丁香与宣南同唱，

丁香与宣南同歌，

丁香与宣南同舞。

如梦的旋律，

旋进了寺院。

旋进了古刹小门，

在枝桠上叠化作阳光的声音。

刹那间，

让一个梦，

在经历沧桑的手掌中，

张口，吟唱：

一曲永远不老的民歌，

一串淡紫如梦的音符。

如今，林徽因伴着梁思成走了，

徐志摩拥着泰戈尔走了；

走进了千古佳话的清韵，

只有那诗中流出的淡雅浓香。

丁香树上逸出的诗音袅袅，

仍旧牵扯着温馨、浪漫的日子，

摇入了飞檐翘角的花格门窗。

平平仄仄的诗啊！沿着

平平仄仄的枝桠，

平平仄仄的历史，

一个又一个 春 夏 秋 冬馥郁了宣南人家。

循香而来的诗人们，

怀揣文字的蝌蚪，

将丁香吟咏 传唱。

在枝头遥寄 所有的意境，

香泽了宣南文化的扉页，

滋润了新西城的沃土。

于这首现代诗的枝头，

绽开了一剪姹紫嫣红的 丁香梦，

一剪助推中国梦的 丁香梦。

丁香情

韩建国

一年一度春又逢，
漫步丁香花丛。
莫道疏枝淡影，
却是情真香浓。

世界喧哗沸腾，
园内丁香淡定。
千古妆容未改，
成就美之永恒。

数百年颂诗声，
其中多少诗人情。
人生寻觅到此时，
不禁双目泪纵横。

丁香诗会缘

赵文山

花有缘，佛有缘，我和法源寺有缘。

自幼长在宣武区，家就住在寺旁边。

诗贵真，花贵鲜，我和丁香花有缘。

每年阳春三月到，心潮澎湃赋诗篇。

唱丁香，歌盛世，诗韵花香香飘远。

新词妙句如浪涌，大珠小珠落玉盘。

社会和谐人欢笑，赞美的诗歌唱不完。

伴随雷鸣般的掌声响，如同飞流直下落九天。

醉赏丁香

杨树明

含娇羞紫喜堪俦，
玉立亭亭伴素幽。
隔镜香分三径露，
抛书人对万枝酬。
淡浓神会风前影，
脱跳春招蝶翅投。
老叟旧京因花醉，
轻抚薛笺吟不休。

四月丁香梦

丁香雨

伍俊颖

那一年我来到这里，
满院子的丁香花。
伴随着一阵轻风，
飘进我的梦里。
你拉着我的手，
唱了一首古老的歌曲。

丁香花似乎听懂了我们的故事，
舞动着美丽的花瓣，
飘洒了满天的丁香雨。
丁香雨，丁香雨，
香了歌喉，香了春风；
香了屋脊，香了记忆。

雨中有多少英魂，
思念家乡的亲人。
雨中有多少思念，
化作点点滴滴。
每一朵小花就是一个故事，
故事中有他也有你。

每一缕清香就是一份牵挂，
故乡亲人的呼唤，
飘洒在缠绵的花瓣里。

丁香雨，丁香雨，
法源寺的丁香雨。
从遥远的天边，
飘到我的心里。
从来不需要记起，
因为永远不敢忘记，
这里的点点滴滴。

这雨里还响着刀剑声声，
徽宗、钦宗的哀叹也在这雨里。
雨中满载着亲人的呼唤，
告慰英灵的喜泪也融化在雨里。

丁香雨，丁香雨，
飘洒在我们的诗歌里。
字字句句，点点滴滴。
点点滴滴……

四月丁香梦

法源新春放歌

孙淮捷

东风舞柳家家暖，法源朝晖处处春。

雪海映日流香动，古寺放歌唱英雄。

春华熠熠古钟鸣，佛香袅袅春潮涌。

春风春歌唱雷锋，雷锋之歌万年兴。

五十春秋岁悠悠，世纪之半过匆匆。

风风雨雨难忘怀，最念雷锋好弟兄。

雷锋之魂灿若星，雷锋之举暖人心。

雷锋精神如阳光，时时处处可觅寻。

英雄未必高大全，平凡之中见真情。

回眸古寺香雪海，簇簇花团放心声：

"没有阳光花儿就会凋零，没有雨露花儿只能枯萎。

但若是没有辛勤园丁，香雪海怎会如此茁壮茂盛。

从一粒小小的花种，到万朵怒放的花海。

从细枝嫩叶弱不禁风，到枝繁叶茂郁郁葱葱。

花儿的缕缕幽香，浸透了园丁点点真情。

春旱时他们送来如雨甘露，酷夏时他们除草驱虫。

秋风起时他们修枝培土，精心养护花儿安然越冬。"

春风再度拂面时，丁香花海绽新容。

摩肩接踵万客来，花海不见众园丁。

默默无闻不图名，辛辛苦苦只耕耘。

四月丁香梦

52

雷锋若将在今世，也赞园丁奉献情。

古寺千年花常春，爱花莫忘育花人。

花儿有心无有口，借笔一唱谢园丁。

人人努力多奉献，莫争名利莫争名。

世世代代学雷锋，华夏早圆中国梦。

贺丁香诗会

王庆绪

京城四月艳阳天，
法源香风透衣衫。
诗朋笔友喜相逢，
丁香诗会展新篇。
书法佳句满庭院，
莺声燕语在耳边。
歌颂祖国更美好，
社会安定人心暖。

瑶花①素女结情缘（外一首）

——北京法源寺丁香诗会情思

戈 缨

法源钟声荡心间，丁香朵朵满院香。

枝头飞霞吐春色，诗花墨香斗奇艳。

吾偕诗友来聚会，采撷一朵带身上。

法源钟鼓传神韵，瑶花素女结情伴。

与人友善香四海，天涯海角结情缘。

注：

① 瑶花为丁香花

丁香赞

娉婷瑶花喜人恋[①]，

吾引一簇书丛间。

柳枝花窗醉心香[②]，

耕耘播雨入书房。

瑶花伴吾走四海，

最怜天花扬心帆[③]。

注：

① 瑶：指如玉的丁香花。娉婷：丁香花像素女姿态优美的样子。
② 每当柳绿时节，丁香枝头开满许多小花，清香沁人。
③ 最怜天花：丁香花蕾在清晨像女神撒花一样绽放。

咏丁香——颂中国梦

韩书文

在古老京城的怀抱里，雄踞着一座千年古刹，
在高楼大厦的包裹下，露出一片佛国之梵红。
在喧嚣的街市簇拥里，难觅这样的安然、恬静，
在春寒料峭的寒风中，丁香花盛开着一树树、一丛丛。

丁香花哟，丁香花，
你那刺破青天的枝干铁骨铮铮，
你那净化心灵的馨香绵绵不断，
你那悠悠渺远的花魂天下灵动。

丁香花哟，丁香花，
从古至今：
你见证了中国艰苦奋斗的历程，
你听到了中华民族崛起的战鼓，
你烘托起繁荣富强的中国梦。

丁香花哟，丁香花，
你催生着中国经济的萌动，
你凝聚、彰显着爱国情怀，
你抖擞着兴国之魂只为实现强国之梦。

丁香花哟，丁香花，

你高山仰止、魅力无穷，

你弘扬着改革创新的时代精神，

你烘托出无数时代潮流的精英。

丁香花哟，丁香花，

你笑看着百万大军的出征，

你迎接着亿万人民梦想成真的机遇，

你等待着和祖国一起成长、进步的东风。

咏丁香诗会

王学忠

初春吹暖法源寺，

八方来客赏丁香。

花草盛开润宣南，

妙笔生花意气扬。

放开喉咙咏诗歌，

复兴崛起百千强。

姹紫嫣红处处景，

香飘满园豪气壮。

59

国歌

张善培

在所有的颂歌中，

唯有这支歌让我无法轻松。

就像我看到母亲忧郁的眼睛

和憔悴的面容，

就像我听到母亲焦灼的呐喊

和呻吟的悸痛。

在所有的歌曲中，

唯有这支歌教你憧憬，

给你力量，给你亲情。

这支歌以闪电作节奏，

以霹雳作激情，

唱出一路沧桑一路铿锵铮铮。

这支歌的旋律是黄河的咆哮，

是长江的波涛，

是窑洞门前的歌声，

雄壮和巍峨的峰峦直刺苍穹，

深沉似质朴的土地写满灵性，

悠悠岁月，风雨峥嵘。

当我们走在岁月的长河中，

怎能忘却

那黄土地下覆盖着历史的沉重，
又怎能忘却
那人民英雄纪念碑下的
无数革命先驱的英灵

在所有的歌曲中，
唯有这支歌给予我无限激情。
我们唱着这支歌，
战胜艰难险阻，
渡过沧桑岁月。
我们将高唱着这支歌，
在风雨中博斗，
发奋，自立，富民， 强国
实现那先烈先辈们的梦想。
让可爱的祖国，
我们母亲的脸上
绽放着欢乐的笑容。
让我们与母亲一起
同声合唱着这支歌，
踏着荆棘一路大步前行。

老人的幸福

车丕超

我喜爱，
密云的山，
怀柔的峡谷，
平谷的小溪，
那里常留下我的足迹。

摘一袋山里红，
够几个板栗，
捡几枚鹅卵石，
捞几条小虾、小鱼。
我全身轻松，心生醉意，
笑着、唱着、跳着，
像一个无拘无束的孩子，
天真，顽皮。

结伴去青云店赶集，
独自到潘家园享受拥挤。
在故宫，一件件珍宝看不厌，
在天坛，一次次把耳朵贴近回音壁。

望着古拙的梅瓶，
我忍不住喃喃自语。

摸着历尽沧桑的玉块，
感受红山文化的神奇。

易县蝈蝈的叫声，
打开我尘封的记忆，
难忘西娄山的烈士墓，
难忘狼牙山英雄的壮举！
……

和煦的阳光照进屋里，
一杯浓茶，一碟花生米，
两份报纸，一台收音机。
眼累了，听一会儿广播，
听烦了，两眼一闭。
在梦中，我第一次拿起画笔，
画大山，画峡谷，画清澈的小溪。

时代创造了条件，
我们迈上幸福的阶梯。
老人，要会"哄"着自己玩，
才能心广体健，无忧无虑。

快乐在你的身边，
阳光照进你的心里。
每一天的生活有滋有味，
幸福就永远属于你！

心系人民 情牵党

王金波

一个闪光的名字，
一腔为民的衷肠。
历经八十九载磨砺，
始终矢志不渝，
愈发坚毅顽强。

当年南湖曙光，
今天红旗高扬。
昔日硝烟弥漫，
今朝和谐共襄。
是什么力量，
让命运多舛的神州，
焕发了青春的面庞。

那不朽的丰碑，
矗立在天安门广场。
那鎏金的大字，
镌刻着人民的怀念。
闪耀着英烈们，
扶国救民的光芒。

多少次振臂高呼，
几回回血溅长枪。
反压迫 反腐朽的号角，
伴随共产党人前赴后继，
奏出振聋发聩的交响。

鲜血染红共和国的旗帜，
生命铸就人民胜利的乐章。
大山搬走了，
翻天覆地的火红岁月
在百废待兴的神州激荡。

兴修水利，巩固国防。
拨乱反正，改革开放……
每一次与时俱进的务实之举，
都跃动着立党为公
执政为民的宗旨和理想。

艰苦奋斗，国富民强。
在中国共产党的带领下，
亿万中国人民
步伐稳健，奔向小康。
举世瞩目的时代，
东方巨龙正在腾飞，
华夏文明再次绽放。

多灾砺党，多难兴邦。
不论地动山摇，
抑或雨暴风狂，
历史洪流中永远挺立着，
全心全意为人民服务的
中国脊梁。

誓言萦绕耳畔，
使命担在肩上，
和平崛起的重任，
是每个共产党员心中
神圣的灯塔，隐形的翅膀。

继续奋进吧！中华好儿郎，
心系人民冷暖，
情牵党的安康，
坚持用公平正义的底色，
继续书写更美、更好、更辉煌。

四月丁香梦

五月放歌

陈春喜

鲜花的五月开满山，
火红的五月香满园；
灿烂的五月春光美，
放歌的五月激情燃。

放歌的五月，
我豪情激荡。
我要把心中的歌，
唱给我们伟大的党。
我要《唱支山歌给党听》，
时刻把您的教导记心间。
伟大的党啊！
您就像那鲜红的太阳，
给我们送来温暖，
照得我们心里亮堂堂。
是您让我们过上了《好日子》，
是您带领我们
和谐奋进奔小康。
《党啊！亲爱的妈妈》

您的恩情永不忘，

我要把《最美的歌儿唱给妈妈》。

放歌五月，

我豪情激荡。

我用心中的歌儿，

把伟大祖国歌唱。

我要《歌唱祖国》，

时刻把《我的祖国》放在心坎上。

我要赞美《大中国》，

《中国，中国，鲜红的太阳永不落》

放歌的五月，

我豪情激荡。

我要把《咱老百姓》，

唱上一唱。

咱们的老百姓是太阳，

天天都发光。

咱们的老百姓是月亮，

夜夜送清凉。

咱们的老百姓站着是柱子，

咱们的老百姓躺着是房梁。

人都说咱老百姓是小草，

我说咱老百姓的名字最久长。

咱们的老百姓，

年年岁岁争日月。

咱们的老百姓，

祖祖辈辈奔富强。

鲜花的五月，

放歌的五月。

我们要永远歌唱祖国，

歌唱我们伟大的党。

四月 丁香梦

看海

胡益强

海，在你脚下，

我是那样的渺小。

海，我喜欢你的蓝，

因为那是真实的美。

不带一点炫耀，

给人以无穷回味。

第一次看到你的身影，

我才知道什么是心旷神怡，

那次也许你真的可以什么都不在乎。

我却因为你而迷失了自己，

任我的脚步怎么走，

永远没有尽头。

而我根本就没有走出来的念头，

真的不知道是陶醉，还是迷失。

也许你真的有那神话般的传说，

但，那对我而言，我会把它当成是一个梦。

因为：醒来后你根本就不在乎，

那一切的一切随着海风而飘去。

多想再回到你的身边，

但那是多么遥远啊，

我只能期待，期待那一天的到来。

期待时光倒流。可能吗？

时常问自己，不知道，真的不知道。

四月 丁香梦

73

红色的起飞线

李显扬

在祖国的南海之滨，
有一条红色的起飞线。
起飞线前是摇荡的海波浩渺，
起飞线后是辽阔的祖国蓝天。

祖国领空的保卫者，
日夜守卫在这起飞线，
用一百个警惕注视前方天际的动静，
用一百个忠诚护卫身后辽阔的蓝天。

每当战士回头遥望身后的蓝天，
蓝天立刻化作明镜一面，
把祖国的美丽图景映在明镜里面，
把祖国的美丽图景映入战士心田：

东北的高粱火样红，
江南的稻田千里相连，
闽南桔子万里飘香，
新疆的葡萄成团累串。

四月丁香梦

大寨的梯田高入云端，
穷山沟变成了天上人间。
内蒙古草原上人畜两旺，
滚滚的羊群像白浪滔天。

鞍钢烟囱高入云，
大庆油田浩瀚无边端，
三峡的大坝令鹞鹰翅折，
青海的盐田像银色的世界。

啊，中南海的灯火通夜明，
照亮了整个中国、整个世界。
天安门前人如海，
十月的红旗映红天。

战士满怀情切切，
越想越觉得重担压肩。
保卫祖国的领空，
是多么神圣的职责！

战士满怀情切切，
忽闻警铃一串。
起飞线前的海外天，
来了黑心的飞贼。

飞行员一跃入座舱，
马达的吼声撼地震天。
红色的起飞线举手宣誓，
誓把南海的涛声淹没：

"亲爱的祖国请相信，
对敌人，这起飞线是天险中的天险，
就算敌人生就十对翅膀，
也休想把这红色的起飞线飞越！"

就算敌人生就十对翅膀，
也休想把这红色的起飞线飞越！
群鹰闪电般掠过跑道，
仇恨的利箭射出弓弦。

四月丁香梦

此地很好

杜金岭

一九三五年六月十八日，瞿秋白同志被敌人押到罗汉岭下蛇王宫一侧草坪上，他盘膝而坐，微笑着说……

这里是祖国的山坳，
这里有祖国的花草。
风清、树茂，鸟鸣、云绕……
——"此地很好！"

我在这片土地上降生，
我在这片土地上嬉闹。
我在这片土地上战斗，
我在这片土地上寻找。
我把《国际歌》介绍给我的同胞，
因为呵，
——"此地需要！"

任凭敌人花言巧语，
不管它皮鞭、镣铐。
我的骨骼里
有共产党人的崇高，
我的血液里
有红军战士的荣耀。

四月丁香梦

79

我的歌声，
我的口号。
我的意志，
我的桀骜。
——"此地知道！"

我真想对妻子再说一句：
你要坚强、不屈不挠，
把孩子培养好。
我真想对父母双亲再说一句：
请原谅您的儿子吧，
尽忠尽不了孝。
——"此地能转告！"

长征的捷报，
化作红旗飘飘。
新中国的曙光，
如烈火燃烧。
我已三十六了，
风华正茂。
把遗憾留在这山坳，
让微笑滋润这花草。
祖国大地
就要把我紧紧拥抱。
等到我四十六、五十六……
一百零六、一百一十六……
"此——地——将——更——好！"

社区保洁员

冯邦宁

天刚蒙蒙亮，
一把扫帚刷刷地，
但轻轻地轻轻地，
——把晨歌唱响。

保洁员甩动柔韧的臂膀，
用满腔热情和艰辛，
为首都的社区
增光。
因为，
首都
连着全国，
连着全世界。
……

她用优美的舞姿，
把地上的污秽一扫而光。
扫淡了明月，
扫走了星星。
边听喜鹊在枝头歌唱，
边用晶莹的汗珠映出，
一轮红日激动的脸膛。

四月丁香梦

野花情（三首）

韩建国

蒲公英

紧依着大地，
沐浴着阳光和暖风，
用内在的力量，
默默地升腾。
啊，
这绿色的叶，
是我奋发的生命；
这黄色的花，
是我奉献的忠诚；
这毛茸茸的果实，
倾注着我的一腔柔情。

紫花地丁

没有鲜艳的花朵，

没有高大的身影。

只有这小小的生命之躯，

化作一腔深情。

献给大地，

一簇翠绿，

献给春天，

一点紫红。

牵牛花

没有雍容华贵，

也不故作深沉潇洒。

只有一股韧劲，

向着阳光攀爬。

几经风雨终不悔，

多方磨难志不拔。

为的是在一个清晨，

吹奏起生命的喇叭。

四月丁香梦

公交车上

周系皋

不论是本地居民，

还是外地旅客，

不分年龄、职业，

都在这里聚合。

这是一个流动的家庭，

成员时少时多。

你来我往变来变去聚散无常，

不变的是总有些场景暖人心窝。

这不，车下，上来一位老翁，

车上，站起一位老者："老哥，

我比您年轻，请您在这儿落座。"

一样的白发银须，

一样的面部皱褶，

一位手挂拐杖，

一位腰背不驼。

老翁呵呵一笑，

开口把大伙儿逗乐：

"我刚四十公岁，
怎能烦您让座。"

几位年轻人起身，
赶忙礼让老者。
"年轻人上班辛苦
别客气，都快快请坐。"

车外一片朝晖，
车内一片祥和。
就像一滴晶莹的水珠，
把社会的阳光折射。

中国梦

崔墨卿

中国的山有梦，

撑起浩瀚的苍穹。

中国的水有梦，

孕育出大地郁郁葱葱。

中国的蓝天有梦，

云飞霞涌月白风清。

中国的大地有梦，

风调雨顺五谷丰登。

梦是成功的摇篮，

梦是希望的彩虹；

梦是理想的种子，

梦是腾飞的憧憬；

梦是求索的呐喊，

梦是攀登的引擎；

中华民族五千年，终于有了

一片任梦翱翔驰骋的天空。

有梦才有如花美景，

有梦才有锦绣前程；

有梦才敢下海擒龙，

有梦才敢九天摘星。

梦在歌里勇敢坚定，

梦在笑里潇洒从容；

梦在诗里飞扬激越，

梦在画里驰骋纵横。

中国特色社会主义道路，

共和国六十余年探索的结晶。

改革开放，继往开来，

每个字比千钧还重。

飞天梦探海梦航母梦诺奖梦，

美丽的中国不再是一幅水墨丹青。

十三亿中国人民还有一个共同的梦，

国强民富天下太平人寿年丰。

空谈误国实干兴邦，

是照亮中国梦的一盏明灯。

为了梦我们敢于赴汤蹈火，

为了梦我们不怕流血牺牲。

夜春雨

吴清英

夜,
就这样悄悄地来临。
它带来的是一种神秘,
这神秘
是一场柔柔的春雨。

这夜的春雨啊!
好像一位羞答答的少女。
让你猜想,
让你着迷,
让你为她而不能自已。
小小的雨滴扒着窗棂,
噢!它在探秘。

伴着橘黄色的灯光,
听她细细的低语。
多像一首多情的小夜曲,
悠扬的让你忘情;
绵绵的让你沉醉,
润润的让你痴迷。

这样的夜晚，

这样的春雨，

你还能入睡吗？

品，万物复苏的萌动。

谢，大自然的给予。

献，一份最纯最真的情义。

我爱着你的960万平方公里

素 青

这是一个小小的爱情。小到心可以是天，天可以是地，地可以是你。
小到一张纸的宽度，每一个经纬交叉点上的遥望。
小到朝东的方向，阳光从大海中浴出，月色在沙滩上长眠。
小到西边的喜玛拉雅，寂寞的山巅，百公里无人的长啸。
小到我，以同一个姿势爱着你，爱着你流淌千里。

我爱着你的960万平方公里。每一个褶皱，每一个瞬间里。
静止的你，狂奔的你，宽阔的你，大气的你。
我爱着你的泪水与欢笑，你匹练长挂的温柔。
你给予我的每一次雨水，还没有流进我的湖泊，
就如此地热情泛滥，喷薄云端。

我爱着你小心呵护的这一份爱情。你日行千里的火车，轰隆的原野。
我爱着你给予我的恣意的爱情，它们终将穿越我的心灵，抵达最深的
熔岩。
我们在蓝天上翻滚，以雷电为爱。
以龙卷风的厚度，把一生的眷恋卷合在一起。
那时，你就是我，我就是你，他们就是我们，我们就是他们。

江山如画。我用我小小的爱情包容你雨后大海的温柔，
以一个画面的形式，风平浪静且波澜暗涌。
你看，我跳动的胸膛，今日，今日，如此动容。

航空英雄赞歌

——献给航空报国英雄罗阳同志

李福田

中航工业沈飞集团公司董事长、总经理罗阳同志，在指挥歼-15舰载飞机在航母上试飞成功后，突发心脏病，于2012年11月25日以身殉职，年仅51岁。国家授予他"航空报国英模"等光荣称号。心怀报国之志、经验丰富、身强力壮的优秀科学家领导者，竟累死在工作岗位上，令人扼腕，令人哀叹！

你用热血
铺就了中国航母的航线，
你用生命
托起了歼-15飞机上蓝天。

航母挺胸起航了
飞机昂首上了天。
你却轰然倒下，
倒在了你挚爱的科研第一线，
倒在了你亲爱的战友身边！

四月丁香梦

91

你走得这样匆忙，这样突然，

都来不及说一声"再见""晚安"

欢庆宴会还等你举杯，

胜利总结还等你圈点。

你八旬老母需要你啊，

她已白发苍苍，风烛残年。

她需要你给她一声问候，

需要你给她端上一碗热茶饭。

你美丽的妻子需要你啊，

她青春尚在，正值盛年。

她需要你在灯下将她陪伴，

需要你给她一个拥抱，一点温暖。

你年幼的女儿需要你啊，

她像棵小树，正叶茂枝繁，

她需要你用父亲的心血浇灌，

需要你用父爱支撑她的双肩！

祖国航空科研需要你啊，

事业方兴未艾，如日中天。

它需要你去攻难克艰，指挥领班，

需要你高举旗帜，冲锋在前！

苍天啊，竟这样无情，

这么早，这么早就把你召唤。

大地啊，竟这样无眼，

这么快，这么快就将你"收编"！

啊，我明白了，苍天知道你太累了，

才这么早，这么早就把你召唤；

啊，我懂得了，大地知道你太累了，

才这么快，这么快叫你去安眠！

安息吧，我们的英雄，

你的身后已站起英雄千千万！

放心吧，我们的伙伴，

我们的祖国正春意盎然，阳光灿烂！

四月丁香梦

清平乐

潘 恭

春在何处？
丁香花间驻。
紫紫白白多淡雅，
雷锋一样朴素！

天蓝地绿山河，
小康快乐生活。
甩开膀子拼搏①，
实现美丽中国②。

注：

① 李克强总理说："喊破嗓子不如甩开膀子。"
② 党的十八大发出建设"美丽中国"的号召。

七律·换人间（外一首）

孙奉中

地球伊甸园，物种链条牵。

人类怀怜爱，生灵无负担。

寰球生态健，天下太平延。

世界和谐愿，人家幸福源。

七绝·丁香释怀

簇簇丁香青透白，清清白白释香怀。

神州美梦春光载，万事和谐幸福来。

四月丁香梦

95

鹧鸪天·七一感怀（新韵）

申定远

九一周年万众欢，神龙腾起换新天。

家园锦绣山河美，百姓情怡社会安。

国力显，小康甜，青丝变白已耆年。

桑榆尚感犹未晚，吐尽余丝为党添。

丁香六韵

王恩治

百年秀乔木，伞花驻清禅。

春赏天国花，纯情似少年。

三色唯淡紫，嫩叶入甘泉。

红墙留香玉，妙笔待客船。

流霞千杯醉，浓郁总流连。

诗情难描绘，丁香映蓝天。

春雪（外一首）

郎深源

春分喜降桃花雪，
农耕播种好时节。
蓝天白云天空朗，
人心舒畅笑颜开。

中国梦

法源古刹丁香开，
群贤赋诗抒情怀。
举国同心齐努力，
中国美梦早到来。

四月丁香梦

97

颂词二首

尹一之

梦江南·中国梦

中国梦，美梦定实现。国强民富遍地花，锦衣玉食世人羡，欢乐舞蹁跹。

中国梦，科学发展观，实现平等和自由，人人都是地上仙，走在世界前。

清平乐·赞丁香诗会

丁香花开，春意扑面来，全国人民喜开怀，改革开放大步迈。

新的阳光展现，铁腕反腐倡廉，大地鲜花开遍，颂歌千篇万篇。

丁香花开

丛凤辉（词曲演唱）

春季里来百花开，
丁香花儿庭院开。
紫白粉红雅色彩，
习性强健不难栽。

丁香花儿成簇开，
好似心结难解开。
古人借花宣愁绪，
今人赏花心结开。

丁香花儿满城开，
法源寺内诵诗来。
文人墨客相聚首，
对花吟诵情满怀。

丁香花儿盛世开，
国强民富花不败。
中国梦圆花如海，
丁香芬芳香常在。

《喝火令》五行词

林德涛

喝火令·金

长隐深山下，重生射斗牛。执戈鸣镝易恩仇。稀品世间争储，成器几千秋。

筑鼎昌朝运，端锅解庶忧。老君炉里炼孙猴。炼也金身，炼也取经修。炼也紧箍难却，百战立鳌头。

喝火令·木

结伴桑榆客，求贤蕙柳乡。满山葱郁隐仙庄。增氧净心幽境，叠翠御风墙。

碎屑成宣纸，雕姿座雅堂。抚琴擂鼓气轩昂。木也参天，木也凤求凰。木也泛舟江海，世代主枢梁。

喝火令·水

海约江河聚，天容雨雪飘。势来云涌又推潮。知否结孪氢氧，生命架长桥。

态变非更质，心平不恃高。建功千古物之骄。水也欢悲，水也重情操。水也府深难测，境界阔重霄。

101

喝火令·火

中土燧人氏，西欧米修斯。味香飘自万家炊。雷电九霄熙攘，核子烈焰奇。

秉烛寒窗度，烟花盛典垂。世间冰火总相随。火也燎原，火也水中夷。火也喜忧参半，爱恨两盘棋。

喝火令·土

社稷坛王土，神农五色疆。万年耕垦产蔬粮。华夏炎黄之壤，碑界几炎凉。

渠水防坍损，森林阻漠荒。地灵天赐宝深藏。土也繁华，土也战争伤。土也养栖人类，岁月演沧桑。

清明赋

于书江

夫清明者，一年二十四节气之一也。是时，和风习习，烟雨濛濛；燕子呢喃，雀儿争鸣；柳丝依依，草儿青青；桃花飞落，杏花正红。正如诗云"春城无处不飞花""吹面不寒杨柳风"。此时万物生长，皆清洁而明净。故，此节气谓之清明。

清明之至也，阳气上升，大地苏醒，百姓沐浴春光，健步出行，古往今来，蔚然成风。斗百草，荡秋千，打马球，放风筝，尤以郊游踏青为众。扶老携幼，前呼后应，或流连于山林，或漫步于田塍，观自然之美景，享天伦之亲情，怡心健体，其乐融融。

至于清明为祭祀之节，始于春秋重耳文公。昔晋国献公昏聩，骊姬擅政后宫，逼走重耳夷吾，害死太子申生。公子重耳率亲信潜行，颠沛流离，行色匆匆，食不果腹，几丧性命。有臣介子推者，割股之肉以烹，奉重耳食之乃延残生。重耳亡命一十九载，即王之位是为文公。庙堂之上，论功封赏，众人皆赏金封侯，唯介子推一人无名。俄尔，文公翻然悔悟，命人三请子推，然子推不为所动，背负老母隐于绵山之中。文公数寻不见，心急如焚，竟下令举火烧山，三天三夜之火，草木为之一尽，终无子推踪影。其时，子推母子已被大火吞噬，仅存衣襟一片，上有子推血诗一首，劝谏文公，"割肉奉君尽丹心，但愿主公常清明"，"臣在九泉心无愧，勤政清明复清明"。文公悲痛不已，怀血诗于袖，视为座右之铭，令改绵山为介山，延传子推芳名，烧山之日为寒食之节，彰显子推尽忠；建祠堂，感念子推英灵；塑遗像，永记子推尊容。翌年始，每至清明，文公必素服登山祭奠。自此，清明即为祭祀之节，两千余载，代代传承。

祭祀之礼，肃穆隆重。沐浴正冠，情切心诚。培坟扫墓，栽柳插英；纸钱焚烧，鲜果供奉；高香三柱，佳酿三盅；口诵悼词，跪拜鞠躬。呜呼！于潇潇细雨之中，望纸灰纷飞于天，闻鸦雀悲啼于野，睹物思亲，缅怀先人，安能不教人潸然泪下，肠断心痛！

年年清明，今又清明。祭祀先人，亦应文明。勿需焚香，勿需烧纸，勿需嚎啕，勿需大恸。敬鲜花一束，足表诚意；献绝妙好词，以诉衷情。默诵前辈遗训，以忠良之心而自省；瞻仰先人仪表，怀孝敬之情而动容。

看今日之中华，政通人和，百废俱兴。祭祀之日，一杯酒恭诉青天，首拜列祖列宗。"天行健，君子以自强不息；地势坤，君子以厚德载物"。五千年披荆斩棘，五千年风雨兼程，五千年凝聚之民族精神铭记心中，愿列祖列宗保我炎黄儿女世世昌盛，代代繁荣。二杯酒，敬洒大地，再拜百年来为祖国独立、自主、富强而捐躯之无数英灵。先烈乃中华民族优秀儿女，直可与日月同辉，与山河并永。愿英灵护我中华江山太平，万古长青。三杯酒，奉献亲人。一感养育恩，二感骨肉情。愿亲人地下有知，佑我家庭和睦，子孙事业有成，光大先贤之遗泽，献身中华之复兴，与全民同步，促和谐，树新风，建小康，奔向锦绣前程！

丁香—2014

中国梦·我的梦

高鹏万

2014年春天，
因为梦想变得飞扬热情，
因为梦想变得无比厚重，
有了梦想就有了美好的愿景。

梦想是凝聚力量的源泉和取之不尽的保证，
梦想是激励人们的精神动力和美好的憧憬，
梦想是指引前进的方向，旗帜鲜明，
梦想是富民强国之魂，总能催人奋进前行！

"中国梦"是新一届领导集体首次提出的愿景，
"中国梦"的本质内涵是实现国家富强、人民幸福、民族复兴，
这三大愿景令国人鼓掌、令世界轰动！

回顾百年来的历史，
中华民族追求梦想的脚步从来没有停。
由于不同的历史时期，因国情、任务、共同愿望不同，
决定了中国梦的内涵也不同。

从1840年第一次鸦片战争开始，
至1949年新中国成立，
经过109年的抗争才圆了民族独立解放之梦！

四月丁香梦

随着国民经济的恢复与发展，自力更生，
标志中国强大的是"两弹一星"发射成功！
一张白纸画出了美丽的画图，
从此立足世界民族之林的信念更加坚定！

1978年党的十一届三中全会，
集中力量进行社会主义现代化建设，
决心改革开放、开辟新径，
实现"强国梦、富民梦"，受到人民的欢迎！

经过30年的艰苦努力，
奋勇攀登，顽强斗争，
目前已达到世界经济体第二的水平，
受到了世人的瞩目与尊重！
2012年习主席再度定义"中国梦"——实现中华复兴，
这是中华民族近代以来最伟大的梦！
展现了中国特色社会主义锦绣前程，
承载着开创未来有利于世界和平的宏伟历程！

习主席还用"三个必须"指明实现中国梦的路径：
必须走中国道路，
必须弘扬中国精神，
必须凝聚中国力量，努力践行！

这是经过30多年的伟大实践，
60多年的持续探索，
170多年中华民族发展历程，
5000多年悠久文明的传承，
得出的总结鉴定！

昔日，
我们已圆了民族独立梦，
圆了奥运梦，
圆了航天航海梦，
也圆了生活水平提高的百姓梦！

今天，
世界将见证一个更加美丽的中国梦。
在我们手中梦想成真，
我们定会众志成城！
梦想有高远与低下、物质与精神之分，
梦想有持久与短暂、近期与长远之别，
梦想更有崇高与平庸之不同。
只有把个人梦想与祖国梦想结合，
才会有源源不断的动力，
才会有无限美好的激情，永远奋发前行！

四月丁香梦

中国梦——我的梦想

西方历史学家普遍认为1400年以前中国的技术远远高于西方。
　　——杨振宁（美籍华人，诺贝尔奖获得者。）

刘天让

梦想，是我跨越的桥梁，

梦想，是我飞翔的翅膀；

梦想，让万物含蕴芳心，

梦想，让神州滋润遐想；

梦想，是爱的希冀，

梦想，是诗的发光。

啊！我们伟大的祖国，

曾是人类文明智慧的太阳。

秦皇统四海一

是我把大统一

的歌唱响

万里长城，

是我的载体

堆叠起来的忧患意识，

才是最坚强的国防。

是甲骨文的因子

四月丁香梦

111

修饰我最初的戎装，
从隶书到草书
使我快乐的成长。
是诸子百家
争鸣的春风，
培育了华夏民族
包容的雅量。
是《诗经》的情愫，
纯情了历史时尚。
让"己所不欲
勿施于人"的理念，
酿成哲学的琼浆。
是敦煌博大精深神韵，
铸虔诚者的梦想。
是《兰亭序》墨宝，
誉为汉书的绝唱。
是司马迁的《史记》，
诠释厚德载物能量。
是精美的唐诗宋词，
留住时间的辉煌。
是丝绸之路先河，
拓宽了礼仪之邦。
我发明的造纸术，
让知识的海洋
有了支撑力量。

我的火药问世灵感，
把爱因斯坦请进
诺贝尔颁奖殿堂。
我的指南针问世，
为哥伦布
发现美洲大陆
指明了方向。
我建造的赵州桥，
是塞纳河上拱形桥
学习的榜样。
我的《清明上河图》，
映出市场经济繁荣景象。
啊！我自豪地讲：
1400年以前，
中国的技术
远高于西方！

是《红楼梦》的情商，
破译了大观园河殇。
是圆明园的废墟，
揭示一个帝国的兴亡。
是毛泽东的咏雪词，
唱出中华民族的希望。
是郑成功林则徐鲁迅
忧国忧民的呐喊，

重塑英雄纪念碑脊梁。
是真理标准的研讨，
使我们在思想上
又一次获得解放。
让牛顿黑格尔
参加我们新的长征，
加入WTO的合唱。
国民经济如虎添翼，
以两位数字疯长。
是"小平您好"的春风，
为青山着意
架起飞跃的桥梁。
啊！2008年中国，
牵动世人的目光。
看共和国总理主席，
举全国之力
在大难中兴邦。
北京的八月啊！
慕天下人仰望。
两个无与伦比的精彩，
为五环旗举起
圆梦的太阳。

啊！我的神鸟，
一次又一次

腾空而起，
拓宽时空连线，
让《义勇军进行曲》，
与普希金惠特曼诗韵
在太空交响，
唱出人类进步篇章。
我的"辽宁号"航母
固若金汤，
我的舰机
登场威慑列强。
钓鱼岛是我国
固有神圣领土，
绝不容武士道
对其施暴疯狂。

我的《星光大道》
绽百花争艳，
修饰共和国门窗。
我的人文情结，
感人肺腑荡气回肠。
温馨诺贝尔颁奖殿堂，
一个中国母亲的
纯洁善良故事，
洗涤了历史上
陈词滥调的荒唐。

四月丁香梦

115

我的日记
觅寻百姓的温馨，
我的天秤
不纵不枉；
苍蝇老虎一齐打，
绝不容蛀虫
腐蚀我们的党。
以刮骨疗伤的决心，
纯青镰刀与铁锤的锋芒。

啊，我是燃烧的泪，
我是催化的酶。
军魂因我的果敢，
承受生命的极限。
金盾因我的忠诚，
赢得国泰民安礼赞。
沃土因我的耕耘，
贫困饥寒远离人间。
责任因我的奔波，
艾滋病得到关爱的呼唤。
公仆因我的付出，
茫茫沙漠变桑田。
亲情因我的博爱而拓宽，
诗情因我的洒脱而浪漫，
歌声因我的激情至美真善，

天空因我的纯洁而湛蓝，
大地因我的播种而丰满，
历史因我的书写而精彩，
大海因我的汇流而浩瀚。
啊！我是8500万核动力，
拧成智慧与力量的大纤。
响应习主席伟大号召，
把信仰的圣火点燃，
把梦想的圣火点燃。
在重压下强壮自己的骨骼，
在巨浪中扬起神往的风帆，
迎接伟大祖国复兴的明天——
犹如出海的红日
更加光彩夺目气象万千。

我的中国梦

庄 华

我曾在梦中振臂高呼，"共产党万岁！"
何由？是一则以房养老的广播的吸引，
还是医疗改革的新部署，
总之与我相关，与我们相关。

清晨，伴着霞光、伴着喜鹊的啼鸣，
每一天都像迎来新中国的曙光，
为民生、为改革、为和平、为新的希望。
看这城市车水马龙，看这乡村一派繁荣，
总之与我相关，与我们相关。

蓝天、白云、绿草丛生是我们的期盼，
宁静与安详、充实与收获是我们的向往。
国家的形象正与我们所追求的一样，
日新月异，体现在每一个公民的身上，
总之与我相关，与我们相关。

作为外交战线上的一员，我们更是党的希望。
任重而道远，肩负的不止是国与国间的使者，
更是实现外交梦、中国梦的践行者，
它，与我相关，与我们相关。

十吟中国梦

何新群

中国梦之一：富民梦

北国大豆南国米，东海猎鱼西牧羊。

封山育林山披绿，退耕还草瓜果香。

特色养殖富农家，五谷丰登粮满仓。

农林牧渔齐发展，富国富民喜洋洋。

中国梦之二：科技梦

神舟载人访天宫，科技育种种太空。

无人神机任逍遥，北斗导航指路明。

联想电脑雄天下，深海万米潜蛟龙。

精心打造中国芯，群英荟萃攀高峰。

中国梦之三：育人梦

诗书礼义传家久，文明恭孝继世长。

勤学苦读求知识，谦虚谨慎拒张狂。

脚踏实地长智慧，科技攻关兴大邦。

一代新人辈辈出，爱国创新我自强。

四月丁香梦

121

中国梦之四：和谐梦

赵钱孙李周吴王，中华民族共一疆。

东邻西舍皆兄弟，一方有难八方帮。

尊老爱幼美德继，友善和睦礼仪扬。

炎黄子孙共血脉，和谐中华万年长。

中国梦之五：太空梦

数代精英造一星，神舟遨游访天宫。

一访送去我问候，牛郎织女喜相迎。

二访天宫开讲堂，天河群星共聆听。

再访天宫邀兄弟，天上人间皆大同。

中国梦之六：强国梦

威武雄师子弟兵，热血丹心铸长城。

战车隆隆军旗猎，雄鹰展翅击长空。

电子信息布战阵，航空母舰浴海风。

铜墙铁壁保江山，捍卫正义保和平。

中国梦之七：勤政梦

史有规矩与方圆，立国贵在清正廉。

昔日海瑞精图治，更有包公斩贪官。

精兵简政除积弊，公平公正不偏袒。

一身正气铸辉煌，红色江山万万年。

中国梦之八：江山梦

先辈浴血打江山，雄踞全球半壁山。

只惜内争久战乱，江山广失偷手间。

今朝重立宏图志，寸土寸金保江山。

同仇敌忾万众心，永保江山固万年。

中国梦之九：桃源梦

江南水乡花枝俏，塞北牛羊沐蓝天。

东有蓬莱群仙聚，西藏戈壁花果山。

阡陌纵横掩草庐，曲径通幽荡渔船。

晨钟暮鼓自怡乐，中华处处是桃源。

四月丁香梦

123

中国梦之十：复兴梦

炎黄子孙中华魂，长江黄河论古今。

秦王一统唐世盛，丝绸之路结远亲。

壮志吟诵大风歌，重整河山祭先尊。

鹏程万里绘蓝图，锦绣中华万年春。

中国梦

马树贵

孜孜以求中国梦，富强幸福与振兴。

往昔追逐逾百载，唯今方得见端踪。

雄兵浩荡龙虎威，良帅若定旌旆红。

不惜汗雨效愚叟，沥尽心血惠苍生。

凝心集力成一体，开云拨雾破九重。

星灿梦甜淡夜晓，晨曦梦成旭日升。

放喉欢呼新朝至，满目彩霞照高峰。

中国梦畅想曲

纪 强

中国梦，强国梦，
发展经济任务重。
改革开放齐发展，
与时俱进国强盛。

中国梦，富民梦，
改善民生势必行。
人民幸福天地欢，
花开满园笑春风。

中国梦，创新梦，
科技创新是引擎。
解放思想展心扉，
畅想实干事业兴。

中国梦，惠农梦，
发展农业重之重。
扶农支农要加大，
粮食产量年年增。

中国梦，传承梦，
千古文明要传承。
百花齐放百家鸣，
文化艺术大繁荣。

中国梦，强军梦，
军队建设不能松。
加强国防现代化，
保家保国享和平。

中国梦，立法梦，
法治健全无漏洞。
人民自由与平等，
社会公平与公正。

中国梦，环保梦，
环境污染太严重。
排污治污节能源，
青山绿水空气清。

中国梦，简政梦，
简政放权改作风。
破除行政条条多，
激活市场路路通。

中国梦，飞天梦。
征服宇宙已可能。
揽月亮，探星星，
"天宫"飞船太空行。

中国梦，廉洁梦，
勤俭节约行政风。
珍惜国家好资源，
艰苦朴素人人行。

四月丁香梦

中国梦，修身梦，
人人洁身照照镜。
反腐倡廉是国策，
打铁还要身子硬。

中国梦，伟大梦，
十三亿人民同心声。
全民紧跟党中央，
百年之后庆丰功。

我的中国梦

王宏斌

祖国屹立世界东方，
奋斗进入新的篇章。

我尽情抒发我的梦想，
人民生活幸福安康，
家庭和谐前途明亮。
儿童活泼积极向上，
老人生活无忧慈祥。
青年有为奋斗昂扬。

这是我们的梦想，
祝祖国繁荣昌盛，
成就伟大梦想。

四月丁香梦

我的中国梦

苗 卉

我没有花样的年华，但我有满腔的热忱；

我没有殷实的生活，但我有无限的激情；

我没有你们的生活，但我又超越你们的快乐；

因为有梦，我的中国梦。

我有一个中国梦，它似春天一样美丽、美好。

我有一个中国梦，它似夏天一样炽热、火辣。

我有一个中国梦，它似秋天一样丰硕、浪漫。

我有一个中国梦，它似冬天一样晶莹、圣洁。

我的梦，它会像风一样呼啸，它透明而不失风度。

我的梦，它会像雨一样犀利，它磅礴而富有理性。

我的梦，它会像雷一样鸣人，它霸气而独具耀眼。

我的梦，它会像电一样激愤，它麻木而使人洞彻。

梦，遨游在世间任何一个角落。

梦，出现在各种各样人群之中。

梦，巩固在坚持不懈基础之上。

梦，实现在汗水与泪水交融间。

你的梦，我的梦，他的梦，汇成千万梦。

百万梦，千万梦，亿万梦，集成中国梦！

133

中国梦 我的梦

吴业友

这边走，春风暗堤柳。

那厢看，琼花明青山。

凌波轻舟跃，庭柯灵鹊乐。

昼暖日曈曈，夜爽月融融。

群舞翔，乐歌扬，

赞改革，颂开放。

巴望：

仁厚德音①，民富国强，

社会垃圾一扫光，

天清地洁，心善体康！

中国梦，我的梦：

华夏胜天堂，甘美人共享！

注：

① "仁厚德音"语出《荀子·富国》："故其知虑足以治之，其仁厚足以安之，其德音足以化之。" 音(yìn)，通"荫"，荫蔚意。

古寺飘香中国梦

韩书文

冲破都市喧嚣的声浪，

钻出水泥丛林的掩映。

扎根在幽深的庭院里，

伴着寒来暑往的暮鼓晨钟。

在肃穆的氛围里浸染，

在和煦的阳光下浴风。

踏着文明古国兴替的脚印，

追着崛起东方的富国梦。

这就是法源寺的丁香花哟，

你昂首怒放、香满小径。

你遒劲的枝干释放着生命的信息，

焕发着青春，催人警醒。

丁香花儿年年绽放，

洁白似雪、玉壶冰清。

超凡脱俗的风骨里，

渗透着阳刚正气而又似水柔情。

四方朝圣的弟子们，
挥洒豪情把你歌颂。
八方来客梦笔生花朵朵飘坠，
墨香、花香都洋溢着强国梦！

这法源寺的丁香花哟，
缕缕芳馨透向蓝天、散入市井。
点燃着波澜壮阔的民族画卷，
演绎着亿万人民的中国梦！

丁香——我的情人

刘　辉

悄悄地向我走来，
不容我如约地等待。
昨夜里争相盛开，
其实我还没读懂你炽热的情怀。

都说你曾推心置腹地表白，
是我熟视无睹的失败。
谁又清晰准确地触摸，
垂挂滴滴泪珠的摇摆。

思维的叶片长满惰性的青苔，
空白着相见恨晚的紫色平台。
若隐若现的池塘荷影，
隐匿着季节更迭的百般竞猜。

正因为一次又一次重影心霾，
掠走了令人窒息的无尽奇怪。
忘却到恍如隔世，
意境幻影显现出青铜时代。

摇弋着童年执掌的画笔，
诉说随意宣泄的斑斓五彩。

明明是春的信息由雨燕按时衔来，
莞尔一笑羞涩地如约扑进我怀。

延续着一而贯之的虔诚如一，
揣摩着矜持不止的默默期待。
就那么一刻迟疑，
如伞如炬因梦情怀，
随即把肆虐阴霾一手掩埋。

我与丁香诗会有个约定

李 石

灿烂的朝阳浸染金色的北京，
浓浓的丁香，芬芳在宣南的黎明。
四月法源寺，淹没在香雪海之中，
我向每一位莅临丁香诗会的诗友致敬。

曾经的十三载，激扬的文字在这里潮涌，
曾经的十三个春天，情感在这里吟诵，
曾经十三次走进古刹，高亢与感动，
让丁香、海棠淹没在朗朗的诗声之中。

曾经的十三载，诉说宣南文化的豪情，
曾经的十三个春天，诗会扮靓姹紫嫣红，
曾经十三次走进古刹，品牌的生成，
让宣南的丁香诗会，在京城赫赫有名。

多少宣南的诗人让底蕴从笔下厚重，
多少个北京诗人怀揣诗稿来到南城。
那本丁香四月天镌刻着大爱大悟，
多少好诗像诗人们心中约定的春风。

四月丁香梦

一首首从心中流淌是长江长城，
一行行从情感里升华是希望与圆梦。
好的文化、好的南城、好的心情，
诗歌让北京有草皆绿有水就清。

我每年与丁香诗会有个约定，
不同的主题实现我不同的憧憬。
共同的都是满怀豪情地高歌北京，
马年的诗会，宣南诗坛万马奔腾。

参加丁香诗会的诗友们共同的心情，
不要忘记我们春天在这里的约定。
庆祝建国65周年大家共同践行，
深化改革保民生传递我的中国梦。

丁香姑娘

王苏华

春风，轻弹了一下丁香树，
于是，大地就散开了彩色的微笑。

啊，美丽的丁香姑娘，
你给古老的寺院，
带来梦一般的妖娆。
轻轻的，我走近你，
想抚摸你美丽的容貌；
你却吹着无数的玉箫，
散发出迷人的芳香，把我醉倒。

啊，丁香，我美丽的姑娘。
你用迷人的身影，
召唤我们一步踏入唐朝；
你用淡淡的紫色，
抚慰那些逝去的忠魂；
你用温暖的粉色，赞赏着曹娥的孝道；
你用婀娜的身影，
记录着纪晓岚、龚自珍的杰作；
你用香雪海的娇艳，
迎接着改革开放的浪涛。

几百年来，你笑看着改朝换代的热闹，

九十年了，你还记着泰戈尔、徐志摩两大文豪。

你笑迎着无数文人骚客，

来到你身边吟诗作赋；

你翘首期盼着，

国庆六十五周年的欢歌如潮。

啊，丁香，我美丽的姑娘，

我用什么样的词汇，赞叹你的美丽娇俏？

宣南的诗人们在你的芬芳中醉了，

中国的作家们在你的笑容里醉了，

全世界的人们啊，都在赞美着你的骄傲。

你却静静地微笑着，把婀娜的身体轻摇。

空气中仿佛飘过你的声音：

祖国多么强大，人民多么幸福；

春天多么美妙，生活多么美好。

于是，天地间荡漾起五彩缤纷的歌谣。

吟诵那魂牵梦绕的丁香

李 石

暮春的四月，春风捎来花的芬芳，
宣南古刹，传递着春天的梦想。
盛赞那十三年丁香诗海涓涓流淌，
首首饱含着对丁香赞美与渴望。

淅沥的春雨，冲不走你的芳香，
古老的丁香树，传承着诗人的希望。
摘下一朵丁香花夹在诗集里，
不仅仅是孤芳自赏更是一生的难忘。

十三载的丁香诗会，宣南文化的弘扬。
留下的是脍炙人口，放飞的是诗歌的希望；
留下的是春的吟咏，绽放的是诗的海洋。
歌颂的是民生和谐，传递的是中国的梦想。

我喜爱法源寺里各色的丁香，
更憧憬一年一度诗会，把心中的梦畅想。
魂牵梦绕用法源寺里的丁香花作诗，
丁香的美丽，会一扫心中的惆怅。

145

深化改革祖国万紫千红璀璨开放，
伟大的祖国65周年华诞充满辉煌。
喜看丁香飘香古刹诗声朗朗，
祝愿人民幸福、好日子地久天长。

祝法源寺丁香诗会召开

吴京华

八方骚客涌法源，群贤吟诵喜声连。

诗词绽开兴国路，挥毫圣手无等闲。

丁香敬仰神州客，凌云伴座听圣篇。

唐代英灵留佳史，今逢盛世振家园。

四月丁香梦

147

紫丁香

应书凤

百花仙子下凡尘，
带来棵棵紫丁香。
每逢四月清风过，
串串紫花飘幽香。

春风吹梅花落光，
牡丹虽贵花未放。
四月丁香暗自开，
幽香飘飘压群芳。

法源寺里有丁香，
佛祖保佑花绽放。
诗人心里有丁香，
情系花蕊咏诗章。

诗中飘来中国梦，
梦中又见紫丁香。
愿国昌盛百花开，
人民紧跟共产党。

百花仙子下凡尘，
留给大地四月香。
春风拂来香万里，
人间四月是朝阳。

四月丁香梦

最美丁香梦

刘玉来

四月的丁香醒来，
它舒展地将枝条打开，
仰望着朝霞，
抖动着紫色的光彩。
四月的丁香醒来，
它柔媚地把骨朵亮开，
散发着馨香，
呼吸着阳春的关爱。
啊，丁香，
你把和谐的空气润泽，
你荡漾起中国梦想的胸怀。

四月的丁香醒来，
它尽情地开放舒怀。
美丽的面庞，
连缀成紫霞的花海。
四月的丁香醒来，
与春风同祈祖国安泰，
展示出青春，
散播着春风的仪态。
啊，丁香，
你把美好的未来昭示，
你呼唤起人民梦想的瑞彩。

四月的丁香醒来，
空气亲吻着它的香腮，
环顾天下，
它更加信心满怀。
四月的丁香醒来，
它把生命奉献给挚爱，
喷薄着青春，
迎接着梦想的未来。
啊，丁香，
你把真诚的种子灌溉，
你激励起亿万人民奋进的情怀。

七绝·丁香

王苏华

琼萧吐素丁香树，
梅蕊争辉碧海茶。
四季佛前听妙语，
三春寺里见鸿儒。

我是一枝丁香

刘 辉

一时的寡言不语，
我只是等待悄悄绽放。
在布满沼泽的沟沟壑壑，
我还会隐匿于草原莽莽。

在百花竞相妒羡的地方，
我依旧独自支撑起倔强。
荒漠飞沙尽管狂虐却难以泯灭，
孱弱且残热未消的梦想。

我一次一次自言自语，
学会默默地向媚俗抵抗。
或许也有几时的懦弱，
无力抵御随风飘逸的张狂。

心中总涌动那一幅幅
忧郁画卷中罕见的倜傥，
反反复复的一支惨淡孤独，
最终选择姑且无力地守望。

我苦苦等待，

等待着那一扇半开半闭的心窗，

等待着皎白下的月娘，

我去嗅感神怡耳目的银色晨霜。

也许注定一生无谓彷徨，

也许珍贵得就是这

没有痛苦思虑踉跄，

瞬间把一个殷殷滴血绽放。

储存千年愁苦的酝酿，

颠覆世纪缅怀的徜徉。

给我一个梦飞起点，

我会痴迷地追逐，

或者重新支起

西霞迟暮行将落伍的夕阳。

这一刻：永恒！

永恒刻铸在挺起的脊梁

与四季殿堂，

前行路上总会有我一缕淡淡余香。

四月丁香梦

153

我来丁香诗会把你寻找（外一首）

——第十三届丁香诗会情思

高　平（笔名戈缨）

法源钟声又荡人间，

伴着思念流远方。

丁香朵朵又绽放，

我来把你寻见。

往日相逢足迹牵动着思念，

晨露伴着相思的泪珠闪光。

那枝丁香下是我们相会的地方，

你在台湾哪个港口等我，

我捧束丁香，把久别的思念奉献。

我多想……

我多想把丁香的花叶化作理想的翅膀，

带着中国的梦和我的理想，

伴着我们的爱情自由飞翔。

开在爱情的花丛中，

开在你我的心上。

去天涯海角，

让人生理想更辉煌。

龙抬头（外一首）

高静波

初春料峭中国龙，
偈语华夏欲葱荣。
但闻雷霆风声起，
翻江倒海天地同。

丁香

庭前情客淡素妆，
时雨霏霏慰心伤。
百结娉婷觅琴韵，
魂断道解紫嫣香。

丁香追梦

韩建国

回想少年时光，
常常喜欢梦想，
其中就包括长大干什么，
什么职业才最理想。
多少次权衡，
多少次思想，
终于在一次丁香盛开的时节，
我写出了最初的诗行。
虽然是幼稚的词句，
却确定了追求文学的梦想。
于是在丁香花的芳香中，
我扬起了人生事业的帆樯。
从此无论是在农村的田野，
还是在城市的大街小巷，
无论是春风夏雨，
还是冬雪秋凉，
无休止的追梦脚步，
在稿纸的格子中度量。
多少次希望，
多少次彷徨，

多少次失败的沮丧，

多少次成功的辉煌。

数十年笔耕不辍，

笑言此生伴墨香。

今又逢丁香盛开的季节，

文朋诗友聚一堂，

丁香花下，

汇成了诗的海洋。

你的梦想，我的梦想，

都是为了中国文学的兴旺。

人生追梦无休止，

共祝再辉煌。

七绝二首

——2014年北京法源寺丁香诗会即景

祝 彤

一

春日寻芳到法源，惠风和畅艳阳天。

姹紫嫣红多绚丽，花香鸟语意倦倦。

二

万方骚客共骈阗①，丁香诗会胜往年。

老夫且喜黄昏颂，吟诵少陵诗一篇。

注：

① 骈阗：意指聚会。

听诗

吴京华

一段梦里诗声，

听了一百年 又一百年。

徐志摩、泰戈尔是这诗声中的醉客，

他们一醉

一座法源寺就醉了。

醉在盏盏青灯里，

醉在只只风铃里。

他们让庭中的海棠、丁香，

也醉成了诗 醉成了画卷。

不醉的是梦里的诗声，

不疾不徐 不绝于缕。

若干年后，一位杰出的作家循诗而来，

一段丁香往事

拨动了他最温柔的那根情弦。

他为文化二字神伤，

神伤若承载碑刻的石龟

蹒跚复蹒跚。

一夜惊梦，

天边那盏青灯，

滑落他一声长叹。

宣南……文化传为先，

丁香诗社今安在，

宣南岂能无诗刊。

这一声长叹啊！

令他割舍了自己的写作计划。

割舍了功成名就，

而将自己的全部精力，

投入到一个芬芳馥郁的丁香梦中，

为了这个梦，他挑灯夜战，也要将它来圆。

十三载过去了，

这里棵棵丁香如诗，仍立在这里。

立作文化传承，

立作心灵甘泉；

伴有宣南诗刊、丁香诗社的如椽巨笔，

入梦，拂尘。

四月丁香梦

七律·春日抒怀（外二首）

申玉河

清晨仰看柳枝娇，喜鹊高歌颤树梢。

红日跃升黄灿灿，白云舒卷乐陶陶。

春风燕舞金龙笑，夏露蝉鸣玉凤飘。

党爱人民昭日月，生活后浪涌前潮。

七律·卢沟桥颂歌

其一　忆卢沟

卢沟美景誉千年，马可波罗赞颂言。

绿水潺潺晨月朗，白帆点点晚风寒。

七七日寇嚣城脚，廿九雄师亮铁拳。

飞起大刀身首异，英雄史册伟名添。

其二　颂卢沟

己丑开国礼炮隆，卢沟晓月写新容。

华衣美食人人享，广厦名车户户拥。

三岁顽童嬉尽兴，百龄叟妪笑由衷。

园博盛会家乡美，安定和谐奔大同。

诉衷肠·治理大气污染感怀（新韵）

北国何日艳阳天？百姓锁愁颜。千家万户窗闭，浊气小循环。
欣政府，悯危安，法规颁。雾霾将治，笑盼神州，绿水青山。

西江月·梦真（外一首）

张振明

日前退休离岗，薪金多少不烦。勿蜗居家常游闲，心态开朗体健。

浏览林亭湖榭，任凭蝉鸣莺欢，琴棋歌舞尽开颜，汝吾乐醉陶然。

知了赞

小小知了枝头藏，何惧暑热风雨狂。

清露果腹不求味，快快乐乐歌声扬。

追梦（外一首）

高建民

万马奔腾踏春光，捷报频传四海扬。
神州复兴国人起，中华圆梦迎朝阳。

中华国运兴

花开时节沐春风，笑与百花竞峥嵘。
天香牡丹真国色，兆我中华国运兴。

165

中秋

耿光金

中秋八月丹桂香，气爽风清菊花黄。

西登香山赏红叶，东下运河品鱼鳇。

国强才能家富有，和谐方可民安康。

蓬勃时代经风雨，欣逢盛世共沧桑。

夕阳赞

杨淑阁

最美夕阳入晚松，余晖照亮万山红。

曾驰千里不伏枥，老马嘶风动苍穹。

讴歌六十五年

蒋玉荣

光复河山六五年，　毋忘历史忆从前。
关东日寇铁蹄响，　华夏金瓯半壁残。
烽火卢沟惊事变，　腥风血雨天地咽。
南京屠杀三十万，　三光政策绝人寰。

延安急电通全国，　中华儿女御外患。
敌忾同仇舍身义，　尸骨如山整八年。
为有英雄多壮烈，　捐躯沃血染关山。
雄狮唤醒民族心，　排山倒海气势昂。

平型一役丧敌胆，　晋冀百团歼日顽。
化整为零持久战，　青纱帐里巧周旋。
奇兵突袭掀碉堡，　敌后武工非等闲。
长城内外齐抗寇，　抛头洒血守家园。

东洋未忆滔天罪，　拜鬼频频何太狂。
可怜岛国无大志，　至今不肯悔过往。
未赴楼兰独自恨，　空思纵马射天狼，
前事不忘后事师，　巍峨华表披曙光。

六五华年正义史，千秋炳彪铸鼎安。
世界反法终胜利，军民振奋尽欢颜。
居安思危风雷激，科技强军不卸鞍。
商贸扬帆通四海，和平之旅敢争先。

大江滚滚东流去，日月昭昭唱翩跹。
半余世纪弹指过，地覆天翻迎新天。
十亿赤子爱国志，化作力量入梦圆。
神州大业庆有日，海峡一统在眼前。

问月（外一首）

马树贵

高天明月不再矜，疏离神仙靠向人。

张灯慷慨寰宇照，分辉尤系中华亲。

自古歌舞同欢悦，从来诗酒共吟樽。

终得登天奔月术，随时遣使议经纶。

久藏万宝堪尽用，广赐人间惠众群。

问君缘何当空笑，可是为此甚开心？

早春新雨

春始新雨至，皆喜贵如油。

随风涤尘霾，沐野见清幽。

归燕梳羽翼，勤农备田畴。

润土暖百籽，待看春芳稠。

马年春梦

李宏涛

我承飞马追春风，
万水千山人驰骋。
南疆碧波观鸥翔，
北国雪原听鹤鸣。
西域圣地跟羊舞，
东海长空伴鹰行。
归来直奔九重霄，
双臂拥抱满天星。

满江红

吕小勇

百年复兴，中国梦，欣欣向荣。跟党走，一国两制，万紫千红。九州开放展生机，四海升平遇春风。齐努力，携手建宏图，定成功。

忆过往，曾心痛。南京泪，记心中。保家国，前赴后继英雄。破釜沉舟战群狼，卧薪尝胆创苍穹。守江山，敢纳百家言，灭蛀虫。

望海潮·春烂漫（外一首）

林德涛

潭波舟影，桃红柳绿，樱棠蓄势飞花。莹瓅玉兰，萋茵碧草，熙熙攘攘游家。曾记赴天涯。弄潮八千里，途有舟骅。归隐莲轩，面屏为伍、录年华。

纵然春色无暇。却韶光远去，老态相加。平水渡觥，宫商伴舞，诗乡千古传葩。聆曲念期牙。寻意中辞藻，雨后烟霞。欲约同门偲客，赏句品新茶。

望远行·香雪海

寒烟远去，春风剪、剔透丁香潇洒。法源浓郁，文苑欣荣，此刻会临堂下。咏唱中华，激荡满腔心血，同是苦心添瓦。历峥嵘，江峡惊涛叱咤。

佳话。征者最堪执笔，跨纪元、几经拼打。雁啸九天，鲸巡四海，无限景情当画。夫子幽兰相济，沙鸥相唤，觅得桃源亭榭。溉舍中诗草，秋冬春夏。

苏幕遮 · "玉兔"返月宫（外二首）

张连华

2013年12月14日21时11分，"嫦娥仙子"怀抱玉兔轻舒广袖平稳降落在"广寒宫"，"玉兔"欢快地跳上月球表面，与月球"亲密接触"，圆满实现了中华民族五千年的奔月梦想。

广寒宫，丹桂树。碧瓦红墙，情景仍如故。瑞草拥阶花满目。鹤鹿悠然，款款闲庭步。

小精灵，乖玉兔。戏罢滑梯，又踏宫游路。游遍仙宫严禁处。不舍抛别，决意安家住。

定风波·国之利刃——中国核潜艇

其一

霹雳一声撼海空，国人振奋鬼神惊。匿迹潜踪行海底，万里，岛链牢笼尽分崩。

堪笑列强核垄断，虚幻，黄粱一枕化秋风。一座丰碑山岳立，隆屹，征服远海占头功。

173

其二

长剑出匣展利锋，惹得蓝海起狂风。威武貔貅添铁翼，英毅，豺狼鬼魅自心惊。

万里长城今再造，锁钥，护得花好草青青。篱边野狗正狂吠，休寐，时时紧握手中缨。

春天花季

张海云

八九过，惊蛰前，晓春夜，风带寒。雨中带雪三二场，日长两三竿。

繁星稀，日渐暖，虫苏，草绿，迎春花成片。花开不见叶，月照树影远，广寒袭孤傲，木兰笑月闲。风吹杨柳絮如棉，花花点点，飞满天。

丁香知时节，香魂着紫还。桃花瓣瓣鲜，娇艳群芳伴。几多情，羞得佳人叹，怎奈文人词穷尽。相思泪，难释怀，一夜春雨，花自伤。

如世言：红颜薄命，福浅，与土相依，谁怜？

郁金香畔郁金香，香飘千里，朋友两相知，粉醉金迷，恰似红颜知己。富贵牡丹养眼，着红罗丝缎，蜂恋蝶欢。君子怜香惜玉，惹得芍药攀銮，空劳仙子怨。道不尽，肠寸断，只恨春宵短。

黄刺玫，红玫瑰，蔷薇十姐妹。百花争艳谁夺魁？月季遍地开……

175

满庭芳·共筑中国梦（外一首）

昝福祥

三十余年，激情回望，人间正道沧桑。世人惊叹，经济进三强。借问缘由在哪？显特色、实干兴邦。新观念，与时俱进，岁岁见辉煌。

担当。中国梦，公平正义，权力阳光。顺时代潮流，齐奔小康。美好蓝图怎绘？意识里、忧患增强。人为本，活出精彩，心自有荣光。

满江红·雷锋颂

恒久明星，光灿灿、亿民敬仰。经半世，沧桑之变，未遮卓朗。生命昙花开短暂，英雄浩气冲高亢。牧猪娃、家国系心怀，豪情壮。

观时下，当思量；锋榜样，旗真棒。有螺钉不锈，我心舒望。燕剪春风开盛纪，鹊登梅树歌嘹亮。学楷模、圆梦福苍生，鸿猷旺。

我的祖国

北 山

可以是一片广阔无垠的疆域，

也可以是心灵深处的一方净土；

可以是稻穗成熟后的金黄，

也可以是山花灿烂时的火红；

可以是高耸入云的大厦，

也可以是山岗深处的茅屋；

可以是三千多年的历史长卷，

也可以是不足百字的一封家书；

可以是充满希望拥抱未来的孩子，

也可以是代代传承烟火不熄的祖宗。

还可以什么都不是，

只是一抹融于血脉中的图腾，

时而无形，

如默默的呼吸；

时而微澜，

如胸腔起伏。

但也会激情澎湃，

波涛汹涌，

那是用青铜器般坚实的心脏，

撞击黄钟大吕的鸣声。

我可能听不懂你讲的方言，

但我一定能看懂你写的方块字；

我可能没去过你的家乡，

但我一定能在地图上找到它准确的位置，

即便是浅浅海峡那边的兄弟。

我可能不认同你的主张，

但我们一定拥有同一个孔子，

明月之下

遥遥相望，

吟诵着一样的唐诗宋词。

我无法选择祖国，

就像我无法选择姓氏。

那是与生俱来的铭刻，

用生命的刻刀，

刻在身上，

刻在心里。

刻着我的源头，

刻着我的归宿。

每个人都是一道淡淡的刻痕，

串起汉唐宋元明清的记忆。

我并不贫穷，

我拥有一个伟大的祖国。

我那么富有，

我拥有了一个强大的祖国。

所有生命都在快乐地生长，

能听到鲜花在唱歌，

能看到小河在起舞。

即便是一时散不去的雾霾，

就当作一场大剧的序幕，

走上台去绽放一次辉煌的演出。

既然生命注定我在这里，

那就在这里吧。

是鹰就去傲视群山，

是鸟就去欢悦森林，

是鱼就去大浪淘沙，

是风就去带来春雨。

哪怕只是一颗小草

也要长出大树的心，

即便单薄脆弱

照样奉献一抹属于自己的嫩绿。

这就是我的祖国，

我亲爱的祖国！

我在这里，

我的生命就在这里；

四月丁香梦

我的父母兄弟在这里，

我的血脉就在这里。

就用血脉染出一面鲜红的旗帜，

沾着生命的金黄点亮五颗金星，

高高飘扬的

是赤子之心。

腾飞吧，伟大的祖国

周传喜

巍巍昆仑山，

朝霞像红旗招展；

滔滔黄河水，

激浪拨动着欢乐的琴弦。

大江南北传颂着"春天的故事"，

长城内外涌动着改革的波澜。

党的十一届三中全会、春风化雨，

改革开放，至今整整三十五年。

三十五年改革，风雨沧桑；

三十五年奋斗，祖国巨变；

三十五年思索，柳暗花明；

三十五年收获，风光无限。

工人用一炉炉钢水谱写着创新的赞歌，

农民将一片片沃土绘织成丰收的画卷；

嫦娥奔月，蛟龙探海已成为现实，

"辽宁号"航母肩负使命，破浪向前！

港澳回归，普天同庆，

两岸统一，已成必然，

三峡泄洪闸的"巨龙"——

向世界昭示着中华民族的崛起；

"和谐号"高速列车的汽笛——

向人类朗诵着中国腾飞的诗篇。

要问我们"强国富民、国泰民安"靠的是什么?

靠的是"中国特色"、"三个代表"和"科学发展观"!

翻开中国革命的伟大史册,

惊心动魄的画幅在我们脑海中浮现。

南湖的航船,承载着民族的前途和命运,

井冈山的篝火,翻腾着克敌制胜的烈焰。

大渡河的铁索化为长虹彩霞,

腊子口的炮火粉碎了敌人的阵线。

毛主席率领工农登上了罗霄山中段,

肩头上披着——

湘江的风雨,黄洋界的征尘,

军衣上卷着——

六盘山的晨霜,娄山关的硝烟。

遵义会议的东风——

引出了中国革命胜利的航线;

枣园红灯下的巨笔——

唤醒了中国革命的万水千山。

转战南北扭乾坤,跋山涉水斩敌顽!

毛主席又领导指挥了"辽沈大决战",

纵观全局,高瞻远瞩,

英明的决策一次又一次把敌人的阴谋戳穿!

南下北宁，乘胜追击，

关起门来把敌匪全歼。

胜利迎来了天安门上红旗升，

用鲜血和生命换来了祖国美好的今天！

"日出江花红胜火，

春来江水绿如蓝。"

党的十八大三中全会又吹响了全面改革的号角，

她像甘甜的雨露洒满人间，

祖国啊，从来没有像今天这样壮美，

人民啊，从来没有像今天这样豪迈、志坚。

工农业生产突飞猛进，

国防、科技高速发展。

任前面还有大渡河、金沙江，

待我们风雨同舟、勇往直前！

任途中还有"大庚岭"、"乌蒙山"，

待我们铁流万里、奋力登攀！

我们以坚韧不拔的毅力，

催动着汽笛长鸣，巨轮滚滚，焊花飞溅！

我们要把三十五年来积累的经验和力量，

凝结成钢花、油海、麦田、棉山。

用生命捍卫祖国领土的完整，

绝不让敌人的魔爪闯入我们的警界线！

四月丁香梦

腾飞吧，伟大的祖国，

欢歌吧，伟大的人民，

四个现代化已不再遥远，

小康社会就在眼前。

我们要用双手描绘更新、更美的蓝图，

我们要用汗水书写光辉灿烂的明天！

团结在党中央周围，

沿着"中国梦"的大道向前！向前！向前！

我的梦

王　谦

梦，有的美妙，

有的绚丽；

梦，有的温馨，

有的神奇。

梦里，曾有我们浪漫的幻想，

梦里，曾有我们天真的童趣，

梦里，曾有我们执着的追求，

梦里，曾有我们深藏的秘密。

有人说，梦是潜意识的苏醒，

有人说，梦是心灵力量的凝聚。

多少哲人先贤，

都述说过梦境的光怪陆离。

庄子休梦见化成蝴蝶，

竟忘了谁是自己。

楚襄王梦见巫山神女，

"旦为朝云，暮为行雨"。

四月丁香梦

诸葛亮草堂睡足，
仰天长啸："大梦谁先觉"。
杜丽娘游园惊梦，
三年醒来与柳郎结成连理。

李太白因为梦笔生花，
才写出千古不朽的诗句。
李后主"梦里不知身是客"，
终难忘昔日的"雕栏玉砌"。

辛稼轩沙场梦回，
听到的是"吹角连营"。
曹雪芹红楼一梦，
疯魔了多少痴情的黛玉。

毛润芝梦咒逝川，
"红旗卷起农奴戟"。
周树人梦里依稀，
"月光如水照缁衣"。

弗朗西斯卡遗梦廊桥，
把对罗伯特的深情埋在心底。
迷人的仲夏夜之梦里，
神仙和凡人都逃不脱爱情的魔力。

古人的梦已是回肠荡气，
洋人的梦也够缠绵旖旎。
因此上，本土才有那么多《周公解梦》，
好事的奥地利医生还写了《梦的解析》。

啊！俱往矣。
梦想不是古人的专利，
今天我站在巨人的肩头，
逸兴遄飞，展开梦想的双翼。

我的梦，受着上下五千年的滋养，
我的梦，得到纵横九万里的哺育。
我的梦，采撷自晴朗的天，
我的梦，植根在明净的地。

我梦见茉莉花的香，
我梦见忘忧草的绿。
我梦见美人鱼的游，
我梦见百灵鸟的啼。

我梦见天山的雪白，
我梦见南海的浪碧。
我梦见漓江水的秀，
我梦见桂林山的奇。

四月丁香梦

我梦见佛光普照，

我梦见众生得济。

我梦见人们情同姐妹，

我梦见大家亲如兄弟。

我梦见瑞雪丰年，

我梦见春风化雨。

我梦见礼花飞舞，

我梦见麦浪涌起。

我梦见长白山敲响的长鼓，

我梦见槟榔树吹起的芦笛。

我梦见刘三姐的山歌萦回在柳江，

我梦见阿诗玛的舞姿倒映在玉溪。

我梦见马头琴拉出草原的欢乐，

我梦见冬不拉弹出戈壁的欣喜。

我梦见布达拉宫墙上那抹晚霞，

我梦见蒙古包金顶上那缕晨曦。

我梦见麒麟献瑞，

我梦见凤凰来仪。

我梦见千家小康，

我梦见万事大吉。

我梦见学子有其校，
我梦见病人得其医。
我梦见老年有所养，
我梦见幼儿有所依。

我梦见工友乐其业，
我梦见住客安其居。
我梦见农夫有击壤之乐，
我梦见百姓有乔迁之喜。

我梦见商贩和城管相敬如宾，
我梦见医生与患者同舟共济。
我梦见红领巾的笑声装满北海的游艇，
我梦见长安街漫步着幸福的情侣。

我梦见公仆们都勤政敬业，
我梦见公民们都崇德尚义。
我梦见炎黄子孙在世界之林傲然挺立，
我梦见大中华昂首阔步跨进新世纪……

这些梦并不遥远，
这些梦指日可期。
当这些美梦成真之时，
让我们在丁香花重聚。

四月丁香梦

把盛满美酒的夜光杯高高举起，

遥襟俯畅、流觞醉羽。

再吟一首小诗，

留给我，赠给他，献给你。

春天来啦

郭可欣

春妈妈回来啦！
她用微风轻轻地轻轻地唤醒了她的宝宝们……

"妈妈妈妈，你来啦！"
小草伸着懒腰，赖在妈妈怀里不肯起床，
春妈妈用小雨点搔痒着他的小脚丫。

"妈妈妈妈，你来啦！"
柳枝姐姐高兴地在空中荡起秋千，
春妈妈用温柔的手指为她梳理着长发丝。

"妈妈妈妈，你来啦!"
蝴蝶妹妹一下子冲出茧房、振起翅膀，
春妈妈赶紧为她穿上美丽的舞裙。

"妈妈妈妈，你来啦！"
风筝弟弟牵来了一群快乐的小伙伴，
春妈妈展开暖暖的双臂紧紧地拥抱着她最宠爱的孩子们。

四月丁香梦

春妈妈真的回来啦！
她给大地撒下金色的种子，
她给枝芽装点五彩的花朵，
她给小河谱写动听的旋律，
她给小朋友们带来无边的乐趣。

春天的中国涌动着春潮

陈满平

河边的迎春花开了，
我们向着春天报到。
你看，小草吐出了新芽，
绿树绽开了串串花苞，
桃花为天空涂上片片粉彩，
春雨染绿了杨柳的枝条。
啊，春来了，春来了，
我们向着春天飞跑！

山坡上的迎春花开了，
我们向着春天报到。
告别几度春寒料峭，
抗击几番雾霾笼罩。
心中自有蓝天，白云，绿水，
丁香如歌诉说江山多娇。
啊，春来了，春来了，
春天的中国就是这般妖娆！

我祝福中国，祝福春天，
我相信中国，相信未来。

四月丁香梦

我祝福遍地开花的国土，

从此走上富强的康庄大道。

我相信未来，相信中国梦，

相信明天会更好。

啊，春来了，春来了，

春天的中国涌动着春潮……

祖国啊 我为你自豪

索 颖

当巍峨的华表，
让挺拔的身躯披上曙光；
当雄伟的天安门，
让风云迎来东升的太阳；
当历史的耳畔，
传来震天下的礼炮回响；
辉煌的纪元用苍劲的巨手，
抒写了新中国灿烂的篇章。
一位伟人庄严宣告"中华人民共和国从此成立了"，
那洪亮的声音使中国人民挺起了胸膛。

忆往昔峥嵘岁月生灵涂炭，
黎民多难长夜茫茫，
枪林弹雨出生入死，
换得了新中国的红太阳。
四大发明的荣耀，
播撒在这片荒芜的土地上。
老子孔子的圣明，
把中国几千年的文明圣火照亮。
这气势如排山倒海，
筑起了丰碑屹立在世界的东方。

看，九州方圆普天同庆，

听，江河歌唱遍地流芳。

社会稳定人民幸福，

改革开放谱写新章。

神州大地遍地开花，

祖国豪迈走向繁荣富强。

祖国啊，我爱恋的祖国，

您神话般揭开了崭新的篇章。

中华儿女经过不懈奋斗和艰辛探索，

铸就了祖国今天的辉煌。

写在春天的诗

陈　健

还没听见春雷滚滚，

还没看见细雨濛濛，

我就知道春天来了，

尽管她步履轻盈。

还没听见溪流吟唱，

还没看见寸草苏醒，

我就知道春天来了，

尽管她身影朦胧。

梦乡里接到鸿雁传书，

早晨听邮递员喊我姓名，

终于等来丁香诗会的信函，

"谢谢"二字都忘说一声。

奔跑的秒针不要催促，

我已听见心的跳动；

拂面的清风不要打扰，

我已感到血在沸腾。

四月丁香梦

盼丁香花开，盼四月春浓，
盼笔友诗友共抒画意诗情。
其实，诗早在我心田播种，
尽管时节还很冷、很冷。

我的诗是劳动的结晶，
我的诗是激情的飞迸，
我的诗是对丁香花的礼赞，
我的诗是与春潮的共鸣。

虽然，我已不再年轻，
仍心怀对未来的美好憧憬；
虽然，我的诗歌不美，
却倾注对生活的无限热情……

我的祖国

张国英

我的祖国是一幅画。

这画卷无边无际，

那富丽的色彩，

那美妙的仙境，

那大江东去的壮观，

那直插苍穹的山峰，

总让我醉在其中。

天上人间，难寻觅，

这画卷

是十三亿人绘成。

我的祖国，

是一首长诗。

这一首诗，

写了几千年，

还在精雕细刻中。

那万里长征的壮举，

那笑傲走泥丸豪情，

那博大的爱，

那丰富的情，

都流淌在每字每句中。

我的祖国，

是一本书。

它记录了多少坎坷，

它描述了多少真情，

金戈铁马打天下，

艰苦创业写真经。

多少血泪，多少豪情，

才写成现在这样，

无比辉煌，举世震惊。

它

只是个开头。

在党的领导下，

我们正在续写着，

博大精深的中国梦。

祖国颂

——庆祝新中国65华诞

祝 彤

2014年岁次甲午，欣逢新中国65华诞。敬献七古新韵诗一首，致贺。

神州大地沐春光，国泰民安心欢畅。
开拓创新鸿图展，实现"四化"臻富强。
丁香诗会咏华章，民族文化喜弘扬。
诗坛颂歌迎国庆，古刹法源更辉煌。
薪火相传中国梦，振兴华夏耀东方。
且看燕舞莺歌唱，祝福祖国寿无疆。

中华腾飞赞

王恒源

共和国六十五岁的脚步声清脆而响亮，犹如天籁之音拨动了我们的心弦；今天的幸福生活美好而温馨，犹如母亲那甘甜的乳汁滋润着我们的心田。六十五个岁月风云变幻，澎湃激荡；六十五个岁月铁骨铮铮，隽永伟岸。伟大祖国犹如耸入云霄的高山巍峨屹立，向寰球展示炎黄子孙那不可撼动的尊严；伟大祖国犹如永不沉没的巨大航船乘风波浪、一往无前，让整个世界震撼。回顾过去，我们豪情满怀；展望未来，我们欢喜无限。党中央绘制的伟大"中国梦"的蓝图，把辉煌灿烂的瑰丽前景为十三亿中国人民展现。庆寿诞，激情无限；迎佳节，豪情万千。颂华夏之诗，歌圆梦之章，千言万语难以言表，挥毫赋就《中华腾飞赞》。

东海之滨，大国泱泱；号曰中华，礼仪之邦。

物产丰富，地域宽广；人民勤劳，勇敢善良。

历史悠久，源远流长；人才辈出，屡现贤良。

庄老孔孟，尧舜禹汤；宋祖唐宗，汉武秦皇。

载入典籍，名标史榜；功绩虽显，缺憾亦强。

风流人物，俱成以往；时代局限，难孚众望。

党如旭日，光焰万丈；鼎新革故，纪元开创。

鞠躬尽瘁，造福梓桑；彪炳当代，赫赫之光。

盛世寿诞，华彩乐章；回顾征程，隽永难忘。

一九四九，礼炮鸣响；五星红旗，高高飘扬。

开天辟地，群情激昂；三座山倒，人民解放。

当家作主，气吐眉扬；壮哉华夏，屹立东方。

一九七九，再现辉煌；小平理论，指引航向。

拨乱反正，改革开放；绘制蓝图，奔向小康。

"三个代表"，续写荣光；经济腾飞，国力大长。

"八荣八耻"，道德弘扬；"科学发展"，纲举目张。

"中国梦"呈，深孚众望；壮丽愿景，令人神往。

反腐倡廉，民心所向；"老虎""苍蝇"，全力扫光。

扫除奢靡，正气弘扬；体恤民众，心仁德芳。

情为民系，权为民享；政策英明，恩泽八方。

文艺振兴，百花齐放；丰衣足食，万众欢畅。

人大会议，制度保障；中国特色，民之所仰。

共产党人，襟怀坦荡；海纳百川，心无私藏。

民主党派，参政议纲；畅所欲言，尽展其长。

兄弟民族，齐聚一堂；同心同德，国事共襄。

一国两制，先河开创；澳港回归，国歌同唱。

金莲盛开，紫荆绽放；澳人治澳，港人治港。

经济繁荣，明珠闪亮；九州耻辱，一扫而光。

三通建立，两岸直航；血脉相连，共祭炎黄。

三峡大坝，横亘长江；百年基业，举世无双。

南水北调，解决水荒；甘露远送，滋润北疆。

西气东输，动力凭仗；绿色能源，百姓安享。

铁轨飞架，汽笛鸣长；神奇天路，畅达西藏。

藏胞生活，宛若天堂；改天换地，直达康庄。

达赖集团，谎言穿帮；雪域高原，幸福吉祥。

汶川地震，天降祸殃；房倒屋塌，家破人亡。

灾难当头，表率是党；主席总理，急赴现场。

嘘寒问暖，亲胜爹娘；感天动地，泪湿衣裳。

生产自救，斗志昂扬；党之恩情，永世不忘。

中央号令，举国应响；一处有难，援自八方。

争分夺秒，奔赴战场；开山劈石，道路通畅。

扶危济困，运输衣粮；送医送药，救死扶伤。

灾后重建，慷慨解囊；设施齐全，居者有房。

回归校园，书声琅琅；振兴生产，旧貌换装。

复苏经济，再造故乡；爱心奉献，美好篇章。

科学发展，知识崇尚；成果发明，自主研创。

科技精英，时代之光；祖国建设，中坚力量。

学森罗庚，稼先三强；淦昌第周，隆平四光。

功勋卓著，非同凡响；国之瑰宝，无可比象。

工人师傅，发奋图强；加班加点，日夜奔忙。

机器飞转，马达轰响；修桥铺路，建楼筑墙。

舰船入海，飞机翱翔；钻井林立，钢花闪亮。

高端产品，翻新花样；质量领先，信誉倍长。

福利攀升，生活变样；不断增薪，福寿满堂。

农民兄弟，喜气洋洋；惠农政策，滋润心房。

减掉赋税，增加奖赏；干劲提高，积极增强。

层层稻田，滚滚麦浪；连年丰收，粮食满仓。

科学种植，经营多项；蔬菜鲜嫩，瓜果飘香。

满圈肥猪，遍地牛羊；养殖业兴，鱼虾满舱。

生活丰裕，身体健康；条件改善，搬进新房。

持续发展，一体城乡；前景广阔，无限春光。

人民军队，国之栋梁；久经考验，忠诚于党。

拥政爱民，楷模榜样；抢险救灾，直前勇往。

纪律严明，英姿飒爽；军容齐整，武器精良。

揽月九天，捉鳖五洋；高度警惕，威慑四方。

有敌来犯，必予重创；严阵以待，永固国防。

科研事业，扶摇直上；探索星海，实现梦想。

长征火箭，腾空远航；载人飞船，太空徜徉。

揭示奥秘，跃身出舱；豪气凌空，斗志昂扬。

四月丁香梦

205

神州九号，天宫宏堂；精准对接，安然无恙。

"嫦娥"奔月，入室登堂；纵横驰骋，凯歌高唱。

"蛟龙"入海，挺进大洋；深度发展，前景无量。

科学考察，数据采样；内容丰富，领域宽广。

攻坚克难，直前勇往；严谨认真，举国榜样。

实力猛增，兵强马壮；上天入地，雄心万丈。

科技水平，艾未兴方；堪比俄美，鼎立三强。

北京奥运，如愿以偿；三大理念，大力提倡。

天蓝水绿，鸟语花香；环境优美，交通顺畅。

场馆齐全，富丽堂皇；雄伟鸟巢，雅致水方。

通讯联络，快捷便当；电视转播，清晰理想。

志愿人员，美好形象；热情周到，体贴大方。

寰球佳宾，齐聚一堂；共参盛举，神怡心旷。

开幕盛典，全球赞扬；美轮美奂，目悦心赏。

中华健儿，龙腾凤翔；努力拼搏，为国争光。

金牌第一，傲岸群邦；无与伦比，众所瞻望。

上海世博，精彩荣光；四海扬波，五洲震荡。

场馆林立，风格别样；华夏文明，异域风光。

国人赞叹，友人称扬；名标史册，环球韶光。

金融危机，肆虐猖狂；席卷全球，雪上加霜。

经济萧条，债垒高墙；西方列强，脚乱手忙。

唯我神州，信心如钢；有条不紊，处变不慌。

运筹帷幄，考虑周详；高瞻远瞩，应对有方。

拉动内需，经济增长；安居乐业，国富民强。

放眼明朝，无限遐想；锦绣江山，前程无量。

莺歌燕舞，社会谐祥；政通人和，国运永昌！

大地走来清明雨

陈贵信

蒙蒙细雨，细雨蒙蒙，
谁由瑶池抛下万卷帘幕。
潇潇簌簌，簌簌潇潇，
何处仙子拨动丝弦千条。

这韵律如此轻柔浓郁，
这画面含几多迷离飘渺。

你是打杜工部的笔端跃出的么？
或是从杏花村的酒香中飘来；
你是从粉荷那湿漉漉的记忆中
描摹来的么？
或是从黄莺的歌喉中弹出。

伴你的月牙儿却说：
你路途上的光景一点也不浪漫，
历经了多少次狂飙的袭击啊！
闯过了多少座冰峰雪岭的阻拦。
是累历了那般的摔跌揉碾，
才酿造出这般的醇美甘甜。

可那浸含着泪花的万物，
却不领情，茫然不知。

是该欢呼，或是埋怨——
这儿汇总了那么多焦渴的等待，
那边积攒了那么久冰冷的期盼。

被酷寒弄得憔悴不堪的花枝，
叫霜雪劈光了的躯干。
让风沙吹龟了的田地，
叫野火烧焦了的荒原。
曾怎样地悲凄呻吟，
如何地向你呼唤。

而今你的姗姗到来，
尽管脚步轻盈、悄然，
却终究敲醒了大地沉甸甸的梦魇。
燕子们衔着这消息呢呢喃喃，
说即将到来的是一个明丽的春天。

叫生灵们渴待了很久很久的清明雨哟！
快用你至爱般的热切亲吻我的悲凉，
用你淋淋漓漓的情感浇灌我的心田。
涤去我颓败残破的冷寂，
植起我涅槃生发的信念。
膏抹着你的潮润，
我走向复苏，
走向奋发进取的明天。

四月丁香梦

十月·梦圆

李兰馨

我采撷

秋天的红叶，

我引来

园中的彩蝶，

我呼唤

枝头的喜鹊，

我舞动

婀娜的彩绸，

……

它们齐刷刷地来，

起起伏伏，

层层叠叠，

如潮如虹，

色彩斑斓，

组成万米画卷。

为伟大的祖国祝福，

为美丽的梦想起飞，

为金色十月，

吟唱五绝七绝。

画卷壮丽如锦，

诗歌古韵朗朗。

十五的圆月，

在祖国的上空穿越，

掠过风雨云霓，

踏过坚冰残雪，

才变得如此清澈。

十五的圆月，

在历史的云海里腾跃，

与乌云烈日博弈，

和迷雾阴霾决裂，

才变得更加皎洁。

没有她的雄才伟略，

哪有历史的辉煌一页？

泰山耸立，

黄河滔滔，

昆仑巍峨，

长江浩荡。

祖国万里河山，

风展红旗如画。

新长征的航母，

永不停歇，

乘风破浪，

满载着华夏复兴的梦想，

向前，向前，永远向前！

四月丁香梦

幸福在哪里

吴绍臣

平心静气，不要到处寻觅，

幸福就在你的心里。

勤劳真谛，

耕耘肥沃田园地，

收获果实更甜蜜。

花朵绚丽，

才能绽放出香味四溢，

引来蜂儿采蜜。

大鹏展翅，

付出坚韧不拔的力气，

方可达到鹏程万里。

骏马神驹，

尚须疾驰奋蹄，

才能尽早到达目的。

不思所取，

沉迷在玩物里，

丧失你奋斗的意志力。

学一门技艺，

它将终生伴随你，

这是生存发展的根基。

金钱堆积，

买不来朋友真情实意，

堆积不来家人的亲密。

手握一支笔，

不要刻意追逐名利，

踏踏实实写好自己的传记。

鼓起勇气，

追寻自己梦想轨迹，

幸福随手可及。

平心静气，

敬业努力，

幸福就在你的心里。

未名湖是个海洋

楚海洋

未名湖是个海洋，

诗人都藏在水底。

灵魂就像一条鱼，

在水中自由呼吸。

我偶尔也会从水面跃起，

欣赏淑春园的诗情画意；

我也会常常浮出湖面，

呼吸着新鲜自由的空气。

五四运动的号角，

催生了新文化运动的发祥地；

这里是中国政治的晴雨表，

南陈北李在这里共创百年传奇。

红楼飞雪俱一时英杰，

爱国进步民主科学先哲曾提；

眼底未名水胸中黄河月，

三山五岳踏遍燕园学子足迹。

改革开放的春风，
给了方正青鸟腾飞的契机；
科学发展的细雨，
带给燕园勺园新的机遇。

巍峨的图书馆收藏了数以万计的珍稀古籍，
藏书量全国高校第一；
壮观的大讲堂和奇特的三角地，
见证着自由独立与兼容并蓄的奇迹。

这里的文学让我身临其境，
这里的学术令我心旷神怡，
这里的思考对我百般宠爱，
一塔湖图的园林步移景异。

高高的博雅塔倒映湖中，
钟亭、临湖轩、花神庙依然有盎然生机。
讲述着一个又一个传奇的未名湖啊，
你的深邃带给我心的涟漪。

我喜欢徘徊在曲岸边欣赏你那泓静静的粼光，
从不在意石舫没有印上我的足迹。

四月丁香梦

萤火虫在漆黑的夜里亮着灯笼，

让我在湖心岛上静静地体味圣地的气息。

未名湖是个海洋，

诗人都藏在水底。

我的梦就在这里，

情也依依心也依依。

爱是奉献

吴绍臣

三黄五帝开创疆域，

为子孙留下华夏大地，

五千年朝代更替，

日来月往斗转星移，

延至今日辉煌。

这是先祖的功绩，

这是大地的给予。

爱这片土地，

爱我们的根基。

爱要真心真意，

不是空谈叨叨絮絮。

当你出生后，

母亲将你抱在怀里，

是站在这片土地。

当你学走路，

第一次站立时，

也是这片土地。

你怎能不爱惜她！

有人嫌她贫瘠，

缺失良心而离去；

有人认为她爱我无比，

终生不离不弃。

用热情和汗水，

浇灌这片土地，

做出卓越功绩，

中华儿女在世界上才能傲然挺立。

根，永远不能忘记！

爱，要实际行动，

哪怕点点滴滴，

在河里多添一瓢水，

使河水长流不息；

在粮仓里多加一把米，

使国家更富强，

凝心聚力，后代子孙生活得更好！

耕耘这片土地，

催生她更富饶美丽。

爱是付出，

哪怕一滴水，

哪怕一粒米。

沁园春·南城

高 超

南城风尚，

文武宣崇，

唇齿相傍。

望两广东西，

街市鳞次。

天坛内外，

郁郁苍苍。

牛街繁盛，

前门流芳，

敢与苏杭比荣昌。

当节庆，

看古城披锦，

秀面盈光。

南城如此多娇，

聚宇内雄才汇风骚。

纪氏草堂，

文通两广。

同仁老店，

百年医药。

苍松翠柏，

祈年宝殿，

引古今英杰竞挥毫。

展雄图，

愿锦绣南城，

明朝更好！

梦想的力量

刘天让

你把海的嘉冕
与负重，
诠释成百姓
梦想的箴言，
激起黄河与长江
的浪漫——
好语明如剪。

京华盛会
拟把宏图勾染，
给神州倾注吉光
旗帜科学发展，
圆百年富民强国梦
不用女娲补天。

221

四月的歌

尚艳丽

四月，花开的季节。

在这落英的日子里，

我仿佛看到了刘胡兰在铡刀下流淌的一片殷红，

黄继光堵枪眼时喷洒的鲜血，

那样醒目，那样热烈。

四月，播种的季节。

在布谷鸟的叫声中，

我仿佛听到了董存瑞炸碉堡时豪迈的怒吼，

猫耳洞里年轻战士思乡的唱歌，

那样震耳，那样执著。

四月，哀思的季节。

在细细的春雨中，

我仿佛感受到众多母亲对硝烟中牺牲生命的祭奠，

亿万同胞们对革命英烈的无限思念，

那样绵远，那样深切。

四月啊，四月，

吟唱的季节，

让我们用诗歌来缅怀为自由民主而牺牲的先烈，

为更美好的中国而奋斗的英雄高歌。

老北京

刘宇彤

我看见

就在眼前

一片平坦，

低矮的小房，隐藏在树间；

土路漫长，

伸到城门楼前；

黄土道上，驴马

都有旅人牵；

琼楼玉宇，宫墙伟岸；

阡陌田畴，西山远瞰；

码头攘攘，迎着运河上的帆。

宁静缓缓下降，

降到老北京的夜晚，

星星若明若暗，

枕在水边，

听见湖水拍岸，

脚踏黄土，

那是老北京的心坎。

啊！祖国母亲

梁汝嘉

你有五千年文明扎根基，
你有辽阔富饶的好土地。
你有亿万儿女偎依在你怀里，
你和五洲朋友共筑友谊。

你乘改革的春风在东方崛起，
你在复兴的路上日行千里。
你同中华儿女融汇在和谐里，
你为拯救地球竭尽全力。

云里雾里看你顶天立地，
风里雨里行走你扬眉吐气。
老百姓信任你儿女们期盼着你，
人类生存需要你世界注视着你。

啊！祖国！
啊！我的母亲！

五十六颗种子撒在你田里，
朝朝暮暮总能同你在一起。
同你一起成长一起收获，
插上追梦的翅膀行空万里。

225

春

赵方一澜

春天的气息，

如此轻柔，

饱含着青草的微笑。

春天的泥土，

如此芬芳，

花儿飘着清香。

在这个绚烂的季节里，

山青了，

水绿了，

花开了，

鸟儿吟唱着春天的欢歌；

潺潺溪水欢快地流淌出，

对绚丽的春天细语。

春天，

是你将大地唤醒，

让花儿摆脱了冬天的凄凉！

给予了无限生命，

让苏醒的万物就这样

得到了洗礼和升华……

沐浴我的心的，

是春雨；

吹拂我的脸庞的，

是春风。

我在梦中写满了美好的愿望：

让绿叶舒展在左手，

让花朵绽放在右手……

一粒种子落入田野，

蓄势待发，

蕴藏着一个春天的味道。

四月丁香梦

春之心

郭珺怡

春天的心如同将要发芽的绿，
被美丽和快乐占据。
少女的心像宇宙的空茫，
游弋繁盛的思绪。

当春风拂过杨柳的每一根枝条，
当小鸟雀跃地从森林深处飞来，
当布谷鸟发出第一声问候，
当海棠花释放出第一缕芳香，
当蝴蝶施展出魔法似的魅惑，
当春水破冰后第一次流淌，
悠然的季节啊，是谁赋予你清晨生长露珠的新鲜？
欢畅的季节啊，让我如何赞誉你驱走寒冷的魔力？
善良的季节啊，请教我如何保持纯净的强大灵魂？

你让人们幽闭已久的溪塘暗自沸腾，
你让美丽的柳树不经意泄露出微笑，
你让索然的冬季魔法式的渐变回暖，
你让大地上的灵魂欢呼雀跃以你为豪。

这些都是来自于春天的邀请函，

使者风信子会把这一消息传递到千山万水。

团结的人们把幸福和快乐投在绿阴的树间，

欢笑回荡在这片晴朗的天空下。

春天说，

来吧，

向我索取春与夏的笑语，

来吧，

我赠你花与叶的欢欣，

来吧，

勇敢的人！

坚定阳光的心灵属于你，

它会使你懂得所有季节的美丽意义。

感悟清明

解坤冰

清明，春意盎然。

每年的这时节，春天都如约而来，把生机挥洒大地。

清明，缅怀先贤。

每年的这时节，伤情都如期而至，把思念撒满人间。

今日的清明，是个光辉的时节。

因为今天，我们的祖国走过了世纪的风雨，迎来了和谐与富强。

今日的清明，是个欢腾的时节。

因为今天，我们的祖国应对着世界的挑战，迎得了尊严与尊重。

是谁，创造了感动；

是谁，付诸了行动。

又是谁，把心连在一起演绎着中国复兴的伟大梦想。

是他们，我们的革命先烈，

选择了牺牲，用生命铸就了共和国的旗帜。

是他们，我们的钢铁战士；

选择了忠诚，用额头上的汗水创造着感动。

是他们，我们的航天英雄，

选择了奉献，用白天连着黑夜书写着奇迹。

是他们，我们的运动健儿；

选择了挑战，用青春和岁月彰显祖国荣光。

是他们，我们的兄弟姐妹，

选择了责任，把融入亲情的爱付诸了行动。

是他们，我们的华夏儿女；

选择将心连在一起，

用天时、地利、人和让中华民族放射着绚丽的光芒。

不会忘记，

是我们的华夏儿女，

以血肉之躯抗争在黑暗凶险当中，

把沉睡大地深处的梦幻变成炎黄希望的摇篮。

不会忘记，

是我们的兄弟姐妹，

挺起汗水刷洗的脊梁，

用澎湃涌动的激情丈量着祖国的畅想。

更不会忘记，

为了祖国的未来，

中华儿女用激情和信念跨越出前进的步伐，

一次又一次吹响向着胜利进军的号角。

只因为他们重任在肩，

愿为祖国的发展付出聪明和才智；

只因为他们壮志未酬，

愿为中国的梦想挥洒更多的汗水。

清明，是个难忘的时节。

曾经共和国的卫士，

以骁勇之躯让中国走出岁月的蹉跎，

在东方的地平线上架起了一道亮丽的彩虹。

清明，是个感动的时节。

今日共和国的英雄，

以赤诚之心让中国屹立世界的前沿，

用激情把中华民族崛起的梦想绣成一片。

清明·缅怀先烈

张芷茵

清明时节，

我们来到烈士陵园。

怀着崇敬，

带着敬仰，

我们来到您的墓前。

细雨绵绵，

仿佛在诉说您当年英勇杀敌的故事；

绿草茵茵，

仿佛在告诉我们今天幸福生活得来的不易。

是你们，

在茫茫黑夜，

高举起革命的火把。

是你们，

在枪林弹雨的战场上，

出生入死，视死如归。

是你们，

用自己的热血和生命，

掀开了我们祖国崭新的历史篇章！

今天，

我们肃立在您的面前，

为您献上白花一朵，

表达少先队员的心意一片。

每当我们背起书包，

欢欢喜喜地去学校，

我们不会忘记，

今天的美好生活，

源于昨天你们无私的奉献。

安息吧，英雄！

您那不朽的灵魂，已融入我们的信念；

你那不灭的精神，

会传给一代又一代少先队员！

放心吧，先烈！

我们会把您的精神化作努力学习的动力，

长大后建设祖国美好的明天！

心歌

赵均锤

我是春蚕，
为祖国
吐出金线。
我是雄鸡，
为祖国
歌唱晨曦。
我是利剑，
为祖国
除去荆棘。
我是蚯蚓，
为祖国
默默地耕耘土地。
我是月季，
把祖国
装扮得更加美丽。
即使我是一粒微尘，
也要为祖国
献出自己。

春风的彩笔

——献给祖国的画卷

郑玉伟

大地就像一幅正在创作中的画卷，

春风的彩笔正在纸上轻轻地点染。

仿佛银幕上那奇妙的镜头，

让奇妙的影像瞬息万变。

启明星早已在东方闪烁，

曙光正透过那轻薄的纱幔。

巍巍群山是那样瑰奇、壮美，

茫茫大地幻化着气象万千。

夜航的银鹰忽闪着金睛火眼，

海面巡逻的舰艇驰骋着威严。

那苍劲的松树旁是一所哨所吧？

哨兵的背影辉映在天边。

破壳而出的松子已经撑裂岩石，

势不可挡，向上猛蹿；

破土而上的竹笋正在拔节，

嘎巴嘎巴作响，仿佛一心要刺破青天！

多少间房舍还依恋着甜蜜的梦乡，

儿童们在母亲的怀抱睡得正甜，

青年们正在谋划着美好的明天，

老人们也在憧憬着灿烂的晚年。

多少个窗户上还闪烁着灯光，

魁梧的身影映现在一面面窗帘。

是战斗不息的改革者还没有入睡？

是闻鸡起舞的志士又将击楫向前？

是开拓者在跋涉中寻找新的战机，

是胜利者在岩壁上再一次登攀。

啊！振翅奋飞的祖国之雄鹰，

我看到你那不可扼止的活力，

不可战胜的森严！

启明星迎来了东天的朝霞，

朝霞送走了缥缈的云烟。

大海敞开她宽广的胸怀，

太阳露出她慈祥的笑脸。

阳光柔情地把大地拥抱，

万物都沐浴着慈爱和温暖。

江山变幻着奇异的色彩，

祖国又开始了崭新的一天。

矫健的雄鹰在空中翱翔，

像是把那无限的春光饱览；

灵活的小鸟在林间跳跃，

像是为这壮美的晨光鸣啭。

嫩绿的小苗又蹿了一大截，

是甘甜的雨露把它们浇灌；

绚烂的鲜花在展苞炸蕾，

晶莹的露珠为它们添辉增艳。

赶车的小伙子们甩起了响鞭，

清脆的鞭声不时在原野上撒欢；

下地的姑娘们肩扛着银锄，

甜美的笑语飘荡在田间。

高高的吊车们就像威武的大力士，

骄傲地把长长的铁臂伸展。

它们似乎没费吹灰之力，

就把无数的高楼拎出地面！

川流不息的大小车辆，

就像运动员冲出起跑线。

虽然它们奔驰在不同的跑道，

却都是奔向共同的目标——

美好的明天。

听，啄木鸟擂响了她们的战鼓，

是向暗藏的蠹虫们宣战；

正义的利剑在上方高悬，

对苍蝇和老虎，随时进行清算！

看，智慧的光芒指引向前，

航天器把千年的梦想一一实现；

城镇和乡村，工厂和矿山，

到处都有奇迹闪光、山花烂漫！

望不尽这无限风光，

看不完那珍奇长卷。

春风的彩笔，又饱蘸了浓彩，

不知又将画出何等神奇的画面！

四月丁香梦

春天，我们与祖国同行

陈 健

天际，旭日东升；
原野，冰雪消融；
花蕾，含苞待放；
耳畔，布谷声声……

又是一个新春到来，
又是一次新的出征，
前面红旗猎猎，
随后万马驰骋。

从第一粒种子亲吻大地，
到秋风送爽，五谷丰登；
从第一块矿石跃入熔炉，
到钢花飞溅，铁流奔腾。

从先祖浪漫的飞天梦想，
到中华儿女遨游太空；
从江西红色小城——瑞金，
到国际著名都市——北京。

是谁让我们日新月异？
是谁让我们衣食足丰？
是谁让我们当家做主？
是谁让我们抬头挺胸？

她就是孕育我们的祖国，
给我们黄皮肤、黑眼睛；
她就是培养我们的祖国，
让我们意志坚、骨头硬。

每当她攀越新的高峰，
我们和她一起欢庆；
每当她遭遇天灾人祸，
我们和她一起心痛。

到农田去收割金黄五谷，
到夜空去摘取明亮辰星，
到虹桥去剪裁七彩锦缎，
到草原去采集叶绿花红……

当时光从春天流进秋天，
五十六个民族相聚北京，
在十月第一个早晨献上花篮，
为六十五岁的祖国庆生。

四月丁香梦

长征路上，党与我们同在，
追梦路上，我们与祖国同行；
祖国是十三亿儿女的母亲，
儿女为母亲彩绘每个春夏秋冬。

后记

当您翻开这本散发着花香的诗集的时候，一定会感到有很多很多的感慨。2014年，第十三届法源寺丁香诗会暨第十届丁香笔会在各级领导的关心支持下取得了圆满成功。但是，我们仍感到有许多的缺憾与不足，我们仍然有提升的空间和余地。欣慰的是，《四月丁香梦》正式出版了。

《四月丁香梦》的出版，是全市各行业各社区诗人和诗歌爱好者们辛勤劳动的成果，是各级领导和专家学者们共同关注共同努力的结果。体现了社会各界对文学艺术的关注，体现了广大社区百姓对高雅艺术的追求。十三届的丁香诗会在大家的关心呵护和支持下发展成为京城的艺术品牌，丁香诗会始终秉承诗歌艺术植根社区、服务百姓、传承中华美德、引导社区百姓走向高雅精神之路的传承与实践。

感谢中国青年出版社领导和编辑老师的厚爱、支持。

感谢各位著名诗人专家的阅稿和评审。

感谢西城区委区政府、区文化委、区财政等领导和同志们的支持。

感谢北京法源寺、牛街街道工委办事处的领导和同志们的大力支持。

　　感谢西城区第二图书馆同志们的辛勤劳动，特别是承担此项工作任务的宣传辅导部，克服了许多困难，在完成本部门工作任务的同时，又参与了整理、评审、打印等相关工作，付出了辛苦。

　　我们坚信，丁香诗会和丁香笔会，在各级领导、专家和社会各界的关心支持下，一定会越办越好。

　　　　　　　　　　　　　　　　　　　　　　　编者

　　　　　　　　　　　　　　　　　　　　　　　2015年2月